君を守るは月花の刃

白き花婿

青川志帆

23532

角川ビーンズ文庫

目次

登場人物紹介

紗月（さつき）

虚空に拾われ、
暗殺者として育てられた少女

梓神幸白（あずさがみゆきしろ）

梓の国主の四男。
見た目ゆえに忌み子とされる

梓神幸継（あずさがみゆきつぐ）

梓の国主の長男で跡継ぎ。
寡黙な性格

梓神幸久（あずさがみゆきひさ）

梓の国主の次男。
女性人気が高く芸事も達者

虚空（こくう）

暗殺者集団・落花流水の
超一流の暗殺者

樫神陽菜（かしがみひな）

樫の国主の娘。
気の強い性格

樫神秋留（かしがみあきる）

宇一郎の妻

樫神宇一郎（かしがみういちろう）

樫の国主

君を守るは月花の刃

白き花婿

本文イラスト／さくらもち

序章 ✤ 滅び ✤

夕暮れに染められた赤い空を見上げて、少女は口を開く。

「あ、もう帰らないと。──みんな、またね！」

空き地で遊んでいた遊び仲間に声をかけて、紗月(さつき)は走り出した。

「またなー、紗月」

「また明日(あした)！」

子どもたちの声を背に、紗月は家へと駆(か)けた。

家のなかに入るとすぐに母が戸口まで出てきて、砂まみれになった紗月を見て笑う。

「また、男の子に交じって遊んでたの？」

「うん。だって、体を動かすほうが好きなんだもん」

女の子の友達もいるが、彼女たちと遊ぶとなると屋内でおしゃべりというのがほとんどだ。そのため、紗月はよく男の子たちと一緒(いっしょ)に遊んでいた。

「今日はねー、サムライごっこしたんだよ。ていっ！」

紗月が厳選したほどよい長さの木の枝を構えると、母は顔をしかめた。

「おやめなさい、物騒な。木の枝といえど、ひとに向けてはいけません。その枝は、捨ててきなさい」

「えー。刀みたいな木の枝、やっと見つけたのに。明日も使うと思うし」

紗月が口を尖らせたところで、母の後ろから父が現れた。

「紗月はおてんばだなあ。まあ、いいじゃないか。木の枝ぐらい。物騒なもんじゃなし」

父はとりなしてくれたが、まだ母は不満そうだった。

「でも、あなた。不謹慎じゃありませんか？　我が国は今、隣国と戦争中だっていうのに」

「子どもに言ったって、仕方ないさ。ほら、紗月。さっさと草履を脱いで！　風呂に入れ！」

「はあい、お父さん！」

にこにこ笑って、紗月は家のなかに上がる。

優しい父と、少し小言が多いが温かな母。紗月は、ふたりとも大好きだった。

もう十になるのに、父は寝る前にいつも物語を聞かせてくれた。紗月がせがむからだ。

父は普通の農民なので、語る物語の種類は決して多くない。それでも、紗月は穏やかな父の声で語られる物語が好きだった。そのなかの主人公になったと想像して、反芻するのも楽しかった。

夕食の前に、みんなで神棚にお祈りをした。両親は村にある神社にもよく行っていたが、神棚へのお祈りも欠かさなかった。

この村の氏神様は、蛇神様だ。蛇神が水神であるせいか、この地は清い水に恵まれ、よい米が育った。

そして父は紗月に、ことあるごとに教えた。

「神棚の裏に、桜色の勾玉を隠している。もし私たちに何かあれば、お前はその勾玉を持って逃げるんだよ。勾玉は、とても大切なものだから、その身から離してはいけないよ」

聞き飽きたよ、と笑っても、父は真剣に何度も繰り返すのだった。


幸せな日々が、続くと思っていたのに――。


一夜にして、平和だった村は地獄へと変わった。

落ち武者の襲撃を受けた村は、男衆が応戦したものの、男は殺され、女や子どもは殺されるか連れ去られた。

「紗月、隠れなさい！　何があっても、出てくるんじゃないぞ！」

父は紗月を、大きな壺に隠して蓋をした。紗月は震えて、耳に手を当ててうずくまる。

知らない男たちの怒鳴り声が響いても、両親の叫び声を聞いても、紗月は大きな壺に隠れたままずっと動けないでいた。

侵入者は紗月に気づかなかったらしい。笑い声と共に、複数の足音が遠のいていった。

音が絶えてしばらくして、紗月はよろよろと外に出て家のなかを確かめた。

父と母は折り重なるようにして、倒れていた。

「ああ……あああああああ！」

叫び、紗月はふたりに駆け寄る。母は既に息がなかったが、父は弱々しくも胸が上下していた。

「お父さん、しっかりして。お父さん！」

「……紗月。よかった……お前は、無事だったか……。父さんは、もうだめだ……。勾玉を持って、逃げなさい。あれは、お前の……」

そこまで言ったところで父は咳き込んで血を吐き、ぐったりと横たわった。

「お父さん！　お父さん、しっかりして！」

ことされた父にすがって泣き叫ぶ。どのぐらい、そうしていただろう。泣き疲れて、どんどん冷たくなっていく体から離れる。

(そうだ……勾玉)

紗月はふらつく足で奥の間に行き、部屋の隅に置いてあった踏み台を神棚の下に引っ張ってきた。その上に乗って、神棚の裏に手を伸ばす。固い感触と共に、何かが手に収まる。

踏み台から下りて、握り込んだ拳を開き、それを見つめる。まさしく、桜色の勾玉だった。内側に光が秘められているような輝きに、思わず息を吞む。

（すごく、きれい）

これは、ただの勾玉ではない、と直感的に悟る。以前、村長の奥方が首飾りにしていた薄緑色の勾玉を見たことがある。それとは、全く輝きが異なっていた。

そこで足音がして、紗月は慌ててまた勾玉を握り込み、振り返った。

「……生き残りがいたか」

背が高く、眼光の鋭い男が立っていた。黒い髪はつややかで、背中の真ん中まで伸ばされている。着物は上等そうで、灰色と黒色で構成されていた。鼻を斜めに横切る傷が、彼に妙な凄みを与えている。

武士なのだろうか。いや、武士は武士でも悪い武士かもしれない。

紗月は警戒して、いきなり現れた男をにらみつけた。

「あなた……誰？　落ち武者の仲間？」

尋ねながらも、がたがたと歯が鳴る。本能が警鐘を鳴らしていた。この男は危険だと。

せっかく父が隠してくれたのに、命を取られるかもしれない。

紗月は死を覚悟したが、男は肩をすくめた。

「違う。この村が、落ち武者の襲撃に遭ったと聞いてな」

「……誰から？」

「その、落ち武者どもからだよ。意気揚々と食料や金品を手にして街道を歩いていたから、丸わかりだった」

「聞いて、どうしたの」

落ち武者たちに出逢ったのに、どうして彼は平気な顔をしているのだろう、と思って何気なく尋ねる。

「殺した」

思いがけない答えに、紗月の背筋が凍った。

「ころ……したの？」

「ああ。落ち武者どもに生きる価値などないからな。何を、怯えている？　お前の村は、あいつらに滅ぼされたんだろう？　俺は、お前のかたきを取ったと言えるのでは？」

「…………」

どう答えていいかわからず、紗月は口をつぐんだ。

「生き残りに子どもがいたら拾ってやろうと、ここに来た。市場に売られてくる子どもはどうも、覇気がなくてな」

男は紗月に近づき、見下ろしてきた。

「お前、いくつだ？　名前は？」

問われて鼻白みながらも、紗月は素直に「十歳。名前は紗月」と答えた。

「十か。まあ、仕込むにはいい年頃だろう」

「仕込む、って何を」

「暗殺術だ。俺は暗殺者集団・落花流水が一員の虚空。お前を弟子にしてやろう」

虚空は屈んで、紗月の目をのぞき込んだ。

「任務帰りに寄り道をして、来た甲斐があった。お前の目は、いい。力がある。そういうやつは、強くなれるぞ」

「勝手に話を進めないで。暗殺者になんて、なりたくない！」

「なら、ずっとここにいるか？　この村で生き残っているのは、お前だけだ。ここにいたら飢えて死ぬ。あとは残り物をかすめ取ろうとして来た野盗に見つかり、殺されるか売り飛ばされるか……だな」

虚空は淡々と語り、紗月は身を震わせた。

怖いのは、彼の声音に感情を感じ取れないからだ。

「この村を襲ったやつらが憎いか？」

無表情で放たれた質問に、紗月は即答する。

「憎いに、決まってる」

「もういないのだから、お前はあいつらに復讐できない。だが、あいつらがここに来たのは隣国との戦争のせいだ。戦争で敗走したやつらが盗賊になって、村を滅ぼしていったんだ。俺たちは、戦争を起こすような為政者を殺すこともある。めぐりめぐって、かたきを取れるかもしれないぞ」

かたきを取れる、という部分に紗月は心を揺らがせる。

「暗殺者も楽な道ではないが、殺されたり売られたりするよりはマシだろう。この世は、弱肉強食だ。弱者は泣いて死んでいくだけ。暗殺者になって、強者側になれ」

虚空の言葉に後押しされるようにして、紗月はうなずいた。

(もう、どうでもいい。どうせ、もう村はない。お父さんもお母さんも死んじゃったんだ。このひとの言うとおり、ここにいたら私も死ぬだけ。それなら、なってやろうじゃないの。戦争を操る、偉いひとを殺せるやつに)

紗月は心を決めて、「わかった。あんたについていく」と告げた。

「よし。交渉成立だ。衣食住は保証してやる。ついてこい」

虚空の背中を追い、紗月は家を出る。

ふと振り返って、父母の遺体を見やる。

「せめて、埋めてあげたい」

紗月はおずおずと主張したが、虚空は大きくかぶりを振った。

「いずれ役人たちが来て、埋葬してくれるだろう。早く来ないと、置いていくぞ」

虚空に促され、紗月はためらいながらも両親の亡骸から目をそらした。

虚空のあとについて、荒廃した村を歩く。たくさんの家が燃えている。あちらこちらに、見知ったひとの遺体が並んでいる。見ていられなくて、紗月は虚空の背中を見つめて涙(なみだ)をこらえた。

ふと思い出し、紗月は虚空に見つからないように、それまで握り込んでいた、父のくれた勾玉(まがたま)を懐(ふところ)に忍(しの)ばせた。

空が赤い、と思ったら高台にある神社の鳥居が燃えていた。神社へと続く階段に倒れているのは、神主だった。

(神様、どうして助けてくれなかったの)

父も母も紗月も、あんなにお参りしたのに。神主はあんなに敬虔(けいけん)に仕えていたのに。

慟哭(どうこく)をこらえて、紗月は頭上を仰(あお)いだ。火と煙(けむり)のせいで、空は濁(にご)って見えた。

最初に、虚空は紗月に字を教えてくれた。暗殺指令などを読めないと、話にならないからだ。ここにやってきた数日は字の勉強だけで、(意外にいいところに来たのかもしれない)と思ったぐらいだ。

紗月は文字の読み書きができなかった。紗月だけではなく、農村では村長や長者の家以外の子どもはほとんど読み書きができないものだ。農村の識字率は都市部より、かなり低い。

父親が名付けのときに村長に漢字で紗月の名前を書いてもらったらしく、その紙が家のなかに貼られていた。だから、昔から紗月は自分の名前だけは形で覚えていた。字を習ったおかげで、名前も書けるようになった。

　虚空が言ったとおり、衣食住も保証されていた。

　しかし、一週間後に紗月は他の暗殺者候補と共に訓練に放り込まれた。これが、地獄の始まりだった。


　集団訓練を受ける前に、短刀・打刀・脇差の使い方を一通り教わった。武士は基本的に二本差しで、長いほうの刀を打刀、短いほうを脇差と呼ぶ、と紗月は初めて知った。短刀は神主が儀式で使っていたのを見たことがあったので、知っていた。補助的に使うものらしいが、暗殺者が一番使うことになるのが短刀だと教わる。小回りが利くため、忍んで殺すのに適しているらしい。

　その後、体力作りのためといって、森のなかを走らされた。がむしゃらに走っていると、後ろから矢が飛んできた。

　聞いていなかった。矢が飛んでくるなんて。腕をかすったが、幸運だったのかそれ以上被害に遭うことはなかった。

　しかし、前を走る男児の背中に矢が刺さり、彼が倒れるのを見て紗月は驚愕し、立ち止まりそうになった。

「止まるな！　これは訓練だ！」

後ろから飛んでくる声に背を押されるようにして、紗月は走る。

（あんなの絶対、死んでるのに）

訓練は命がけなのだと、そのとき紗月は初めて実感した。

走り終えたあと、指導役の若い男が紗月に声をかけてきた。

「お前は新入りだから、今日は手加減していた。三日後には、他の者と同じように扱う」

警告に、紗月は愕然としてうなずくことしかできなかった。

更に、集団訓練のあとは、虚空による特別訓練が待っていた。

夕刻になって薄暗くなった訓練場には、紗月と虚空しかいなかった。他の皆は今ごろ、夕食を取っているだろう。

「今日のように特別訓練がある日は、俺の部屋で遅めの夕食を取るように」

と虚空が教えてくれた。

おかげで、ひもじい。空腹だけではない。最初の集団訓練でほとほと疲れて、倒れ込みそうだった。

「師匠、今日は……無理だ。明日に、して」

懇願した瞬間、胸倉をつかまれる。

虚空は短刀の刃で、紗月の頰を撫でた。

「お前に断る権利はない」

無表情で、虚空はささやく。

「教えてやろう、紗月。暗殺者は、刃だ。刃は使われるだけ。使用者を選べず、刺す相手も選べない。お前は、そんな刃になるためにここに来たのだ。刃が疲れたと言うか？　言わないだろう？」

短刀が滑るように、首元に移動する。直後、痛みが走った。血の感触はしなかったので流血はしていないのだろうが、刃は確実に紗月の首に痛みを与えていた。

「ひっ……うぐっ……」

思わず涙がこぼれ、嗚咽を漏らすと、虚空は顔をしかめた。

「泣くな。体力を無駄に使うだけだ」

「だ、だって……」

「今すぐ泣きやめと言っている！」

怒鳴られて、紗月は恐ろしくてますますひどく泣いてしまう。

「この、愚図が。泣くことは体力を消耗するだけの、実に無駄な機能だ」

虚空が手を放し、紗月はくずおれる。

呼吸を整え、なんとか泣きやんだところで短刀が飛んできて、地面に刺さった。

「弱者になりたくないなら、俺の首を取る気で来い」

紗月は短刀を取って、叫んで、丸腰の虚空に向かって走り出す。

虚空は呆れたように紗月の攻撃をあっさり避けていた。標的を見失った紗月は、そのまま倒れ込む。もう体力が残っていない。空腹も限界で、気分が悪い。だが、虚空は冷たく紗月を見下ろしてくる。

「うわあああああああああああああ！」

自分を鼓舞して、もう一度、虚空に打ちかかる。また避けられ、膝をつく。

「いちいち叫ぶな。耳障りだ。──さあ、もう一度」

虚空は一切、容赦しなかった。


紗月が落花流水に来て、一月経った。なんとか集団訓練で死ぬこともなく、生きている。

夕食の折、昨日まで隣に座っていた少年がいないことに気づく。代わりのように、紗月よりもあとに最近来た少年がそこに座っていた。

（あの子は、今日の訓練で、やられたか……）

ずっと隣の席だったので、食事の折には少し話すような仲になっていたのだが。

あの走り込みの訓練では、矢で射られて死ななくても「矢が直撃した時点で不適格」とされて、処分されてしまうのだという。それも、あの少年が教えてくれた。処分とは「殺されることだ」ということも、こっそりと。

諦念と共に、紗月は彼の冥福を祈る。

疲れのせいか食欲がなかったが、無理矢理に麦飯と漬物をかっこんだ。「食欲がないからあとで」なんて言えない。そんな選択肢はない。食事は供給されたときに取らなければ、抜かれる。無理してでも食べなければ、訓練に耐えられない。

落花流水での過酷な日々は続いた。

周りの子どもは、どんどん処分されていった。

落花流水は、常にどこからか子どもを連れてくる。紗月のような家族をなくした子どもに甘言をささやき連れてくることもあれば、闇市場で売られている子どもたちをまとめて買ってくることもある。

嫌でも、悟る。

ここでは、人間は消耗品なのだと。

また、虚空は弟子を取りたがらなかったのに、周りがうるさく言って仕方なく紗月という弟子を育てることにした、という事実も風のうわさで知って、あまりいい気持ちにはならなかった。

あるとき、紗月は走り込みの集団訓練中に高熱を出して倒れた。

気がつけば畳の上に敷かれた布団に寝かされていた。いつも寝起きしている、子どもたち用の雑魚寝部屋ではなくて、何度もまばたきをする。

ここは、虚空の部屋だった。

部屋の主は、文机に向かって何かを書いている。

「……師匠」

呼びかけると、虚空が無表情で振り返った。

「私、どうして、ここに」

「発熱したから、念のために他の子どもとは隔離しろと言われた。医者の見立てでは、ただの疲れによる発熱だろうが、と。一応、お前は俺の弟子だからな。俺に責任がある」

だからここに連れてきた、と言いたいのだろう。

面倒そうな響きで、本当に虚空は仕方なく弟子を取ったのだと察する。

「紗月。指導役から報告があったので、注意しておく。他の子どもの死を哀しむな」

いきなりの発言に、紗月はぎくりとする。

「花を手向けていた、と聞いた。崖から落ちた子どもに向けて、花を摘んで投げていたと」

「……ちゃんと、訓練が終わってからやったことで――」

「そういう問題ではない」

虚空は立ち上がって、こちらに近づいてきた。

「同輩の死を悼むこと自体が問題だと言っている」

「悼むことすら、許されないのですか……?」

「同輩は仲間ではない。敵だ。お前が生き残るには、同輩を蹴落として這い上がらないといけない。彼らの死は哀しいことではない。力量が足りず、処分されるのは当然のこと」

冷たい台詞に、じんわりと涙がにじんでくる。泣いてはいけない、とまぶたを閉じてそれをこらえる。

「暗殺者に情はいらない。覚えていろ」

念押しされて、何度も紗月はうなずく。

ふと、虚空が枕元に座ったので、不思議に思って師を見上げる。

「子どもとは、かくも脆いものだったか」

相変わらず表情を変えずにつぶやくものだから、紗月はどういった反応をしていいかわからないなりに、なんとか答える。

「……師匠も昔は、子どもだったでしょう……?」

「忘れたな。己が子どもだったときなど。とにかく、早く治せ。あまりに長い時間寝込んでいると不健康だと判断され、不適格対象になるぞ」

「それで不適格になったら、私はどうやって殺されるのですか?」

訓練で落ちこぼれた者たちがどこかに連れていかれることは、知っていた。しかし、彼らがどうやって殺されるかは知らない。敢えて知ろうとしなかった。

だが、急に知りたくなった。このまま熱が下がらなければ殺される、とわかったからだろうか。

「俺が殺す。責任、というのはそういうことだ」

虚空は紗月の細い首に片手を当てた。骨張った長い指に力を入れられれば簡単に絞め殺されそうだと思いながら、紗月はへらりと笑う。怖いはずなのに、どこか安心する。

(仕方なく取った弟子でも——師匠は最後まで、責任を果たしてくれるんだ)

「とにかく寝てろ。熱が下がったら、自分の寝床に戻れよ」

素っ気ない口調に切なくなりながらも、紗月は着物の胸のあたりをぎゅっとつかむ。桜色の勾玉に、早く治りますようにと祈って、目を閉じる。

幸い紗月の熱は一晩で下がり、また訓練に戻ることができた。

日に日に、紗月の頭からは過去の記憶がおぼろげになって、抜け落ちていった。砂が手からこぼれるように、止めようがなく。

いつしか紗月は両親の顔も声も、思い出せなくなっていた。

第一章 ✣花婿行列✣

落花流水に入ってから、五年が経った。紗月は十五になり、ようやく修業を終えて、師匠の虚空に認められたのが、ほんの三日前のことだ。まだ仕事は一度もしていなかった。実際に仕事を請け負うには、もう少しかかるのかもしれない。

紗月は自室で寝転んで、本を読んでいた。

よく、ここまで来られたものだとぼんやり思う。処分されたくなくて、必死に訓練に食らいついていったおかげか。

しかし、紗月は落花流水の者たちから「天才・虚空の弟子にしては凡庸だ」と陰口を叩かれていた。虚空の特別訓練を受けたにもかかわらず、紗月は突出した才能を発揮できなかった。それは誰より、紗月自身がわかっていた。同い年の者たちがどんどん暗殺者として認められていくのに対し、紗月にはなかなか認定が下りなかった。

虚空自身、訓練で何度もため息をついていたものだ。

たまの休みには、こうして虚空の所有している本を借りて読んだ。外には出てはいけないことになっているから、暇つぶしが読書ぐらいしかない。そもそも落花流水の拠点は秘境とも言えるような山奥にぽつんとあるので、出ても娯楽など何もないのだが。

虚空の持っている本は歴史の本や実用書ばかりで、物語の本がないのが残念だった。

「紗月」

ハッと顔をあげたときにはもう、虚空が部屋に入ってきていた。

紗月は身を起こして正座をし、膝に手を置く。

「師匠」

「お前の初仕事が決まったぞ」

虚空の報告を受け、紗月は緊張し、息を呑んでから尋ねた。

「ついに……。標的は、誰ですか？」

「隣国――『梓の国』の若君、幸白という。幸白は、俺たちのいる『樫の国』の姫君、陽菜姫に婿入りすることになった。そのため、花婿行列が梓から樫に向かう。お前は梓に行って行列の護衛に紛れ、この短刀を使って幸白を殺せ。これは光道斎の刀だ」

虚空は懐から短刀を取り出し、紗月に渡した。

紗月はその見事な鞘に目を見張り、少しだけ鞘から抜いて刀身を眺めた。ため息をつきたくなるほど、冴え冴えとした輝きを持つ刀だった。

「光道斎は、樫の国の名刀匠。彼の手がけた刀は他国には出回らない上に、有力者しか持てない代物だ。貴重な刀だから、くれぐれも任務までになくすなよ。それと、幸白を殺したら、体にその刀を突き立てておけ」

「……承知しました」

わざわざそんな貴重な短刀を使えという指示が出ているのは、樫の国の有力者が殺したことにしたいからだろう。

「花婿行列のために、護衛選抜の試験がある。お前の剣の腕前なら、試験には通るだろう。しかし、女だと目立つし選ばれないかもしれん。男のふりをしろ」

「はい」

紗月は普段から男物の着物を着ていたし、髪も男の子のように高い位置でひとつに結っている。理由は単に、動きやすいからだ。そのため、男装に抵抗はなかった。

「偽の身分証も、実際にある商家から買ってある」

虚空は懐から折りたたまれた紙を差し出し、紗月はそれを受け取り開いた。

梓の国の首都にある商家の次男坊という設定らしい。たまに、落花流水は市井の者から「死んだ者」の身分を買う。金に困っている家は、こちらの素性をろくに確かめずに売ってくれる。

そういう家は、家族の誰かが死んだとき、葬式を挙げずにひっそりと死者を埋葬するのだという。身分を売れるようにだ。

紗月は懐にしまっている勾玉を意識する。勾玉には紐を通して、首飾りにしていた。誰にも見せないように、ひっそりと抱いたそれは、記憶もほとんどなくしてしまった紗月にとっての、過去へとつながる唯一のよすがだった。

「師匠。初任務、必ずや成功させてみせます」

「成功させるのは当たり前だ。……実は此度のお前の暗殺者認定、俺が押し通した」

思わず「え?」と顔を上げると、虚空は紗月の目をのぞき込んできた。虚空は相変わらず表情の出ない、凍えた目をしている。

「幹部の大多数は渋っていた。だが俺が、暗殺者とは実戦で育つものだ、と幹部たちを説き伏せた」

「では、まだ私には暗殺者認定は下りていないようなもの……?　どうして?　先日あった、最後の一対一試験でも勝ちました!」

紗月が食ってかかると、虚空は面倒そうに息をついた。

「あの試験では、優秀なやつは二太刀、そうでもないやつでも三太刀で勝負を決める。お前は、四太刀も費やした」

言い返せず、紗月はうつむく。

(私はどうして、こうなんだろう)

天才と言われる虚空直々に教わっていて、人一倍訓練の時間も多いはずなのに、同期には追いつけず、後輩にも追い越されていってしまう。

「技量ももちろん未熟だが、甘さがお前の足を引っ張っている」

虚空は腕を組んで、紗月を睥睨する。

「その甘さを取っ払うには実戦が一番だ。人間は、ひとをひとり殺すと様変わりする。そういうやつを、たくさん見てきた。顔つきからして、変わるんだ」

説明したあと、虚空はぽつりとつぶやいた。

「俺は別に、そんなことはなかったがな……。初めての標的を殺すときも、その後も、変化は感じなかった」

それを聞いて、紗月は師との遠さを覚えた。

(師匠って、本当に天才なんだな)

「とにかく、この初任務をもって、幹部を見返せ。なに、相手は国主の息子で大物だが、そう難しい任務ではない。力みすぎるな」

「はっ」

紗月は頭を下げる。

(これは、最後の試験のようなものだ。成功して、やっと私は認められるんだ)

その眼光は、刀のごとく鋭かった。両親を失って泣いていた、少女だったころの弱々しさが嘘のように。

梓の国——国主の城にて、国主は四男の幸白と向き合っていた。

梓の国は隣国である樫の国と度々、戦争を起こしていた。両国の経済規模も軍の規模も同じぐらいであったため、決着がつかないまま、いたずらに死者が増えていた。

梓の国主は先の戦で三男を亡くし、樫の国主は長男と次男を失った。今後を憂えたのか、それとも戦に倦んだのか、樫の国主は和平を持ちかけてきた。

条件は、幸白の樫の国への婿入りだった。たったひとり残った、樫の国主の子ども——娘の陽菜と結婚させろという。

梓の国も戦争に疲れていたので、和平を受け入れた。だが、梓の国主は結婚話を受けたものの、今更になって渋っていた。

梓の国主——梓神邦満は、ことさら幸白をかわいがっていたからだ。

「のう、幸白」

「はっ」

声をかけると、幸白は正座して手をついたまま父を見上げる。

真っ白な髪に、赤い目。幸白は、色素をほとんど持たない「白い子」として産まれた。

梓の国では、「白い子」は凶兆である。邦満自身、初めて幸白を見たときは驚いた。

だが、妻が「この子も他の子同様に大切に育ててください」と言い残し、幸白を産んだあとすぐに亡くなったので、邦満は努めて幸白に優しくした。

幸白は父親の言うことを聞く素直なよい子で、更に武芸にも秀で頭もいい。いつしか、幸白は邦満の一番のお気に入りになっていた。亡き妻によく似た容姿はどこか中性的で、見目もよい。だからこそ、邦満は幸白を手放すのが忍びなかった。

「お前は樫の国で味方もなく、たったひとりになる。名目上は国の主になれても、実際は傀儡にされるだろう。樫の国の家臣団はかなりの発言力を持っていると聞く。陽菜姫も、気の強いおなごだそうだ。息子のなかでも優秀なお前を、と指名されたから仕方ないが……。きっと、樫の国主はお前が優秀でも、わしや兄に従順な子だという情報をつかんだのだろう。傀儡にちょうどいいと思われたのだ」

邦満が涙ながらに語ったが、幸白は動じなかった。

「僕が行くのが一番いいのです。僕は器用貧乏なだけです。幸継の兄上は誰よりもまっすぐで跡継ぎにふさわしい。幸久の兄上は僕よりずっと芸術に造詣が深く、感覚も優れている。何より、幸久の兄上は愛情深い。梓の国では不吉とされる〝白い子〟が樫の国では瑞兆とされるのも、何かの縁でしょう。僕は、戦にも出られなかった。この結婚で祖国や家族に報いさせてください」

幸白の謙虚な言葉に、邦満は袖で目頭を押さえた。

（敵国だった国に行くのだ。怖くないはずがない。なのに、こうしてわしや兄を気遣う。国を想う。なんと優しい子か。やはり手放したくない）

改めて強く思ったが、当の幸白が行くと主張しているのだ。それに、樫の国主は幸白以外では納得すまい。

「樫の国で白い子が瑞兆なのは、わしにとっては不幸だったな。そういえば、樫の国では双子が忌み子とされると聞いた。ところ変われば変わるものだな」

声を立てて笑うと、幸白も少し遅れて笑っていた。

　

父の部屋を辞し、幸白は廊下を歩く。

「ところ変われば変わるものだ」と父が笑ったので幸白も追従して笑っておいたが、本当はあまり忌み子という単語を出してほしくなかった。しかし、父にそのことを言うと空気を悪くすると思って言えなかった。

父は悪いひとではない。幸白を大切にしてくれた。ただ、たまに悪気なく幸白の前で「忌み子」と口にする。

（僕が気にしすぎているだけなのだろうか）

考えごとをしながら歩いていると、正面から次兄（じけい）の幸久が走ってきた。

「幸白、婿（むこ）入り話、受けたのか!?」

「もちろん、受けましたよ」

「なんだって、そんなこと。……立ち話もなんだな。俺の部屋に来いよ」

幸久に手を引かれ、幸白は兄の部屋に案内された。

相変わらず、雑多にものが転がっている部屋である。あちらこちらに本や書きつけが散らばっている。定期的に使用人が掃除（そうじ）をしているはずなのだが、幸白は幸久の部屋がきれいだったところを見たことがない。幸久は、それほどすぐに散らかしてしまう。

なんとか座れそうなところを見つけ、ふたりは向かい合わせに座る。

「まあまあ、酒でも飲め」

幸久はとっくりから盃（さかずき）に酒を注ぎ、幸白に盃を押しつけた。

酒を口に含（ふく）みながら、幸白は自分の分を注いでいる幸久をちらりと見る。

「兄上は、樫の国への婿入りに反対ですか」

「当たり前だろ。一番の敵国だったんだぞ!?　お前がどんな目に遭（あ）うことか……」

「でも、この話は断れません。兄上も、わかっているでしょう？　それに、僕は……梓にいても、何もできないし」

幸白も他の兄弟と同じように武芸を習った。長男の幸継ほどではないが、彼に次ぐほど剣術は優れていると師範に太鼓判を押されていた。

それでも、幸白は戦争に出たことがなかった。戦場では容姿が目立ちすぎ、また不吉と言われる白い子が戦場にいると味方に動揺を与えるので、という理由だ。そのことに対して、ずっと複雑な思いを抱いていた。

ふと、幸白は床に地図が置かれていることに気づく。

「この地図は……」

「ああ、それ。最新の地図だよ。この前、町に行ったときに仕入れてきたんだ」

「そんな貴重なもの、床に置いておいたらだめですよ」

兄をたしなめ、幸白は地図を手に取る。

秋津島。それが、この島の名前。秋津島には、たくさんの国がひしめいている。かつては、桜の国に住まう帝が天下を統一しており、各地の国主は帝に従っていた。初代の帝に嫁いだ女神のコノハナサクヤヒメが各国の代表に植物の神を選び、「地方を治めよ」と命じたそうだ。だが、五百年ほど前から朝廷の力が衰え、各国は帝をあなどるようになり、税も納めなくなった。

今も帝は桜の国にいるが、ただの一国主と変わらぬ権限しか持たない。

そして戦乱の世が始まった。いくつもの国が、消えていった。

強国ばかりが残ったせいか、ここ最近は国が消えたという話は聞かない。

幸白は、地図のなかの「梓」という字を見つめる。そして、その東に広がる「樫」という字に、ひとさし指で触れる。

「幸立も死んじまったし、お前もいなくなる。ずいぶん、淋しくなるな」

幸久はぽつりとつぶやき、酒をあおった。

幸立は、先の戦で亡くなった三男の名前だ。豪放磊落な性格で、剣術は「荒い」と師範によく注意されていたが、技量を補ってあまりある強力の持ち主だった。剣より弓が得意で、他の者が使う弓より一回り大きい弓を使って、敵を屠っていったという。そんな、兄弟で一番丈夫だと言われていた彼が真っ先に死ぬとは、幸白にも予想できなかった。

幸立は、樫の国主の長男を矢で仕留めたそうだ。その結果、敵が激高して幸立に群がり、殺したという……全て、父から聞いた情報だった。父はその報告をしながら、泣いていた。

幸白はどう声をかけていいかわからず、父の背を撫でることしかできなかった。

葬式で、棺桶に入った幸立の死に化粧が施された顔を見ても、涙が出てこなかった。遺体を前にしても、信じられなかったからだろう。

実感が湧かないまま、兄の遺体は焼かれて骨になった。今なお、幸白は三男が死んだ事実を、受け止められていない。廊下を歩いていたら、すれ違うのではないかと期待してしまう。

「戦となると、俺は逃げ回ってたけどさ。次は、駆り出されるかねえ。幸継の兄貴だけが戦に出るわけにもいかないし」

幸久は盃を投げ捨てるようにして床に置いて、膝を立てて頬杖をついた。

彼の髪と目は、少し茶色い。ふわふわとした髪を結い上げ、面立ちは優しげだ。容姿のおかげもあるのだろう。話術に長けた幸久は女性に人気があり、妓楼に行くと彼の奪い合いになるのだとか。

幸久はよく町に下りているが、幸白はほとんど行ったことがなかった。だから、幸久が町で仕入れてきた物を見たり、話を聞いたりするのは好きだった。

「でも、兄上。もう、しばらくは戦は起こらないと思いますよ。梓と樫が結婚で同盟を結ぶのだから」

幸白は苦笑して、地図をまじまじと見た。

梓の国と樫の国はどちらも大国だ。この同盟が成れば、他国はいたずらに攻め込んでこないだろう。今は戦で疲弊しているとはいえ、それでもなお梓と樫の軍勢が力を合わせれば他国を凌駕する。

「だから、兄上が戦に出る必要はないかと」

幸久も戦には出ていなかったが、それは本人が嫌がったからだった。幸久は武術の稽古が嫌いで、そもそも武芸が苦手だ。その代わり芸事には達者で、見事な和歌を詠む。

父は苦い顔をしながら、やる気のない幸久を戦に出すと士気に欠けてしまうからと言って、幸久を戦に出さなかった。幸白と違い、幸久は戦に出なくて済んで嬉しがっていたが。

「そうだろうけどさ……。あーあ。この城に残るのは、俺と頑固親父と堅物兄貴だけになるのか。つまんないな。幸白、向こうに着いたらちゃんと定期的に手紙を書いてくれよ。俺も、書くからさ」

「もちろんです、兄上」

幸白が微笑むと、ようやく幸久も笑ってくれた。

その日から毎日、幸久の部屋に呼ばれて酒を酌み交わした。その間にも、花婿行列の準備は進んでいった。

出発前夜、幸白は幸久の部屋に行く前に長兄の部屋を訪れた。訪ねる前に念のため、使用人に頼んで先触れを出してもらった。

「兄上。幸白です。入ってもよろしいですか」と問いかけると、襖の向こうから「ああ。入ってくれ」と応じる声が響いた。

幸白が襖を開けて入ると、幸継はちらりとこちらを見た。

彼の正面に正座して、まっすぐに見る。

幸継はぬばたまの黒髪の持ち主で、左側でゆるく結わえていた。眼光は鋭く、赤い口元は引き結ばれている。

幸久はたおやかな容姿をしているが、幸継は彼と対照的な、どこか厳しい美しさを持っていると感じる。

昔から、幸白は幸継が苦手だった。

幸継は無口で、長兄かつ跡継ぎということもあって他の兄弟とは距離があり、滅多にこちらに話しかけてこない。更にとっつきにくい印象があって近寄りがたく、幸白から話しかけるのもはばかられた。用事があるとき、最低限の会話を交わしたぐらいか。

幸白は、畳に手をついて頭を下げた。

「僕は明日、出発します。幸継の兄上。お世話になりました」

「……ああ」

幸継は何かを言いかけたように口を開いたが、すぐに閉じてしまった。

「道中、気をつけてな」

それだけ言って、幸継は幸白を見つめる。

居心地が悪くなって、「それでは、失礼します。兄上、どうかお元気で」と告げて幸白は幸継の部屋を辞した。

そのあとは、幸久の部屋で夜遅くまで酒を飲んだ。

「ああ、そうだ。幸白。俺の持ち物でなんか欲しいもんあったら、持っていけよ」

すっかりできあがって顔の赤くなった幸久に促されたが、幸白はやんわりと首を振った。

「結納品と献上品以外は、持っていけないんですよ。武器なんて、僕が帯びる二本差しだけだと制限されています。供の者も、城の前で帰さないといけないんです」

「へえ？　そりゃ、ひどい話だな」

「仕方ありません。なるべく、梓のものを入れたくないんでしょう」

幸白の言葉に、幸久は笑って床に転がっていた。もう限界だったのか、気持ちよさそうな寝息が聞こえてくる。

幸白は酒には滅法強くて、そうそう酔わない。眠る幸久を見て苦笑し、彼にかけ布団をかけて、幸久の部屋から出た。

廊下は、肌寒い。そろそろ桜が咲き始める頃合いだが、この季節は存外冷えるのだ。

腕をさすって、幸白は廊下を歩いた。ふと上を見ると、上弦の月が浮かんでいた。

きれいな月だな、と思いながら目を細める。

これが梓の城で見る最後の月だと思うと、得も言われぬ淋しさが胸に去来した。


任務を受けてすぐ紗月は落花流水を発ち、梓の国に入った。虚空は仕事が入ったらしく、紗月より早く出発していた。彼がどこに行ったかは、紗月には知らされていない。だが、「俺が帰るより、お前の初仕事が終わるほうが先だろうな」と虚空が言っていたので、遠方に行ったのだろうと推測できた。

紗月は難なく護衛選抜試験に合格し、商家の次男「佐野宗次」として花婿行列の護衛に紛れていた。

当日の正午、梓の城前に集合と言われたとおりに集まる。首都の外れにある練兵場で開かれた護衛試験で顔を合わせた者が、何人かいた。

城の前で待機していると、城から武士が十人ほどやってくる。

彼らは馬に荷物を載せていて、忙しそうだった。

紗月は、花婿行列に参加する男たちをざっと観察する。正規の武士が十人。護衛選抜をかいくぐった剣士が九人。あとは雑用係と思しき男が五人ほど。

（全員を殺すのは時間がかかるし、面倒だな）

素早く判断し、紗月は思い描いていた計画のひとつを採用することに決める。

野宿の夜に眠り薬を盛り、皆が寝ている間に幸白だけを殺す。これなら、殺すのはひとりだけでいい。

出発してすぐは、皆が警戒しているはず。もうすぐ樫の国というところで油断するときを待つのがいいだろう。

そんなことを考えていると、城の門から市女笠をかぶったひとが出てきた。

護衛たちがざわつき、ひそひそと声を交わし合う。何をうわさしているのだろう、と不審に思いながらも、紗月はその人物を見つめる。

白い羽織に、白い袴。花婿衣装だろう。市女笠から垂れる布も、よく使われる半透明の布ではなく、白い布だった。

彼は市女笠を少し上げて、行列の面々を見渡す。

白い髪に、赤い目。優しそうで、整った面立ちだった。

(話には聞いていたが、初めて見た……あれが「白い子」か。きれいなもんだな)

主に女性が身に着ける市女笠を彼がかぶっているのは、日焼け防止だろう。白い子は、日の光に弱いという。

紗月が思わず見とれていると、彼はこちらに気づいて微笑んだ。

思わずドキッとしてしまい、紗月はぎこちなく笑みを返す。

彼は、なぜか紗月に近づいてきた。

「はじめまして。君は、護衛選抜で選ばれた護衛かな」

「あ、はい。そうです。佐野宗次と申します」

偽名を口にして一礼すると、また彼は軽やかに微笑んだ。

「知っていると思うけど、僕は梓神幸白。道中、よろしくね。君はずいぶん、若いね。い

くっ？」

「十五です」

紗月以外は、全員二十歳以上の男だった。幸白が「若い」と思うのも当然だろう。

「僕より一つ下か。選抜結果が書かれた紙を見たよ。君は、三位だったね。その年で、すごいね」

褒められて悪い気はしなかったが、同時に心苦しくなる。

（私は、このひとを殺すのだから）

初めての任務で殺す標的。それ以外の何ものでもない。そう、自分に言い聞かせるべきだろう。

虚空の言うとおり、ひとりめ——彼を殺せば、紗月も様変わりするのだろうか。

紗月はそんなことを考えながら、「それほどでも」と謙遜した。

それに、試験では少し手を抜いた。あまり強すぎても目立ってしまうからだ。

その後、幸白は紗月以外にも、ひとりひとりに声をかけて回っていた。

（若君だってのに、偉ぶったところがないな）

感心しながらも、紗月はさりげなく幸白から距離を取った。標的と仲良くなるのは、得策ではない。あまり話さないほうがいいだろう。

武士たちが幸白の周りを固め、それ以外の護衛は前方と後方に振り分けられた。

護衛試験で身分証明もしているが、民間から集めた護衛はあくまで武士より信頼度が落ちるということだろう。

紗月は後方組になった。

幸白だけが白い馬にまたがり、あとの者は徒歩だ。他の馬には、荷物が載せられている。

花婿行列は、「では、出発しましょう」という幸白の声で始まった。

城のなかで別れを惜しんだのだろうか。国主や他の兄弟は、出てこなかった。城から見ているのかもしれないが。

一行は町には出ずに迂回し、町の外の道を歩いていく。思わず紗月は、「なぜ、町を通らないんだ？」と疑問をつぶやいてしまった。

幸白が振り返って、目が合う。どこか、こちらを値踏みしているような目だった。

「君、ここに来て」

招かれて、紗月は「まずい」と思いながらも、早足で幸白に追いついた。

「君は梓の育ちだよね？」

「はい」

ここでうろたえると、もっとまずいことになる。紗月は冷静に返事をした。

「なら、白い子が凶兆であることも知っているよね？」

「……はい」

師匠から、聞かされてはいた。

「だから、僕の花婿行列は町には入らないんだ。迷信深いひとが、怯えてしまうからね」

「いや、知ってはいましたけど……その、国主の息子なんだし、和平のための婿入りなんだから、みんな惜しんで送ってくれるのではないかと」

紗月が言い訳めいた説明をすると、幸白は苦笑した。

「そうだといいけどね。でも、危険性のほうが大きい。雑踏のなかから何かを投げられるかもしれない。そうなると、護衛たちも大変だろう？」

「そうですね。すみません、出過ぎたことを言ってしまい」

「別にいいよ。君はきっと、悪意というものを知らずに育ってきたんだね」

幸白は意味深なことをつぶやいてから、「元の位置に戻っていいよ」と促した。

紗月が後方に戻ると、隣を歩いているいかつい男が「馬鹿」とささやいてきた。

「なんて気の利かないやつだ。迂回する理由ぐらい、察しろよ」

「……悪かった」

紗月が謝ると、男は「幸白様に謝っとけ」と鼻を鳴らしていた。

そのまま、花婿行列はひそやかに進んでいく。

ふと、「古代では、白が死の色だった」と書物で読んだことを思い出す。

紗月は、この花婿行列が、幸白の死をもって途中で終わることを知っている。そう考えると、花婿行列というよりも死の行列のように思えて、薄ら寒くなった。

そして、その「死」をもたらすのは他でもない自分なのだ。

落花流水には、暗殺失敗とわかった時点で服毒自殺しなければならない、という掟がある。落花流水の情報を漏らさないためなのだろうが、それ以前に任務を失敗するような暗殺者は「生きる価値なし」とされるからだ。

（大丈夫。私は、できる）

拳を握り、紗月は標的の背中を見つめた。


旅は、順調に進んでいった。

紗月が驚いたのは、このなかで一番偉い幸白が供の者を気にかけて声をかけたり、「ありがとう」とよく礼を言ったりしていたことだ。

落花流水の幹部は、みんな偉そうだった。見習い時代、幹部の食事のときに酌をしたことがある。紗月の目が気に入らないと言って殴られ、啞然としたものだ。他の使用人――落花流水では、大した功績を挙げずに暗殺者を引退した者がなる――も、よく怒鳴られ、理由もなく殴られていた。

初めて理不尽な目に遭ったあと、紗月は師匠の部屋に行ってわめいた。虚空は『お前が弱いのだから、仕方がない。独り立ちすれば、手伝いには呼ばれない』としか言ってくれなかった。

　地位のある人間とはそういうものだという思い込みがあったので、紗月にとって幸白の態度は驚きを通り越して衝撃だった。

（あいつが、特別なんだろうか？）

　国主の息子に会ったのは初めてなので、彼が例外なのかそうでもないのかは、判断がつかなかった。


　護衛衆は、みんな最初はどこか緊張感をまとっていた。身分差ゆえにか、幸白の見た目ゆえにかは、紗月にはわからない。しかし、旅が進むにつれて幸白のやわらかな態度のおかげか、幸白に対しても礼を失さない程度に話しかける者が増えていた。付き添いの武士も特に注意はしてこなかった。

　紗月はもちろん、幸白とはなるべく話さないようにしていた。

　旅立って三日目。野宿の夜、夕食を終えたところで、酒が入って気の大きくなった護衛の男が「幸白様、舞が得意らしいですね。是非、ひとさし舞ってくれませんか」と請うた。

　幸白は微笑んで、「少しでも、無聊を慰められるのなら」と立ち上がった。

　音楽は武士のひとりが担当することになり、笛を吹いた。

　幸白は打刀を抜いて、音楽に合わせて剣舞を舞った。

優美でしなやかなのに、どこか鋭さを秘めた舞だった。月光が刀に反射し、いっそう舞を幻想的に見せる。

(……きれいだな)

落花流水に入ってから、きれいなものなんて見てこなかった。感動したことなんて、なかった。だからか、いつしか紗月の頰に涙が伝っていた。

紗月はハッとして、幸白の舞を見る護衛たちのそばから離れて、木立に隠れる。

袖で目元を拭って、息をつく。

(大丈夫なのか、私は)

虚空にきつく叱られて以来、泣いたことなどなかったのに。どうしてか、涙腺が緩んだ。

(これは、涙がこぼれただけ。「泣く」とまでは、いかないよな?)

どこかにいる虚空に問いかける。虚空なら鼻で笑うだろうが、彼は幸いここにはいない。

大丈夫だ、と思うことにしておいた。体力を消耗するような泣き方をしていないし、と言い訳を心のなかでつぶやいて。

それにしても、と紗月は背後を気にする。

涙を見られなかっただろうか。目撃されていたら、どうして泣いているのかと、不審がられてしまうかもしれない。

いや、反対に幸白なら心配してくれるだろうか?

（相手は、標的だ。忘れるな。優しく見えたって、心のうちはわからない。相手は、甘やかされて育った国主の息子だぞ。きっと、私たちを見下しているんだ）

自分に言い聞かせて、紗月は木の根元にうずくまった。

第二章　暗殺決行

たまに町に寄って旅籠に宿泊したが、基本は野宿だった。

高貴なひとの花婿行列だというのに、野宿が基本なのは不思議である。

なぜかは、初めて町に入ってわかった。町の者は、好奇の目で幸白を見てひそひそとささやいていた。罰を受けるのを恐れてこちらに聞こえるようには言わないが、なんとなく嫌な感じだった。

旅籠の主人も、丁寧に幸白を部屋に案内していたが、怯えが見て取れた。

（白い子への蔑視は根深いらしいな）

そんなことを考えながら、紗月は他の護衛と雑魚寝する部屋で荷物を整理していた。

食料を補充するためには町を訪れなくてはならないし、ずっと野宿だと疲れが取れない。そのための、たまの旅籠宿泊なのだろうが、幸白にはきっと苦痛だろう。

夕食は、大広間でみんなで取った。保存食でない食事が久しぶりだったこともあり、つい紗月はがっつきそうになり、慌てて慎重に箸を運んだ。あのとき、幸白に見られていたような気がする。紗月が幸白を見たときにはもう、彼は隣に座っていた武士としゃべっていたので、真偽のほどはわからないが。

この旅籠には温泉があるらしい。見つからないよう、真夜中にでも入るかと思案していると、武士のひとりが「御免」と言って部屋に入ってきた。

「宗次。幸白様がお呼びだ」

「お、俺を？　なぜ、俺なんだ」

「知るか。さっさと来い」

促されて、他の護衛たちのうろんげな視線を受けながら、紗月は部屋を出て、武士の案内に従って幸白の部屋を訪れた。

「やあ。来てくれたね」

幸白は酒の盃を片手に、座っていた。彼のそばには、武士がふたり控えている。

「は、はあ。なんの御用でしょうか」

「一緒に、お酒を飲もうかと思って」

「……どうして、俺なんでしょうか」

「少し、聞きたいことがあってね。まあまあ、座って」

紗月は仕方なく、幸白の近くに正座した。

紗月を連れてきた武士は立ち去り、控えていた武士のひとりが紗月に盃を渡してくれる。とっくりから、幸白は直々に酒を注いでくれた。

「ありがとうございます。あの……聞きたいことって？」

「うん――君、僕の舞を見たとき、途中でどこかに行ったよね。あれがなぜか、知りたくてさ。見苦しかった？」

「まさか！　あの……反対です。俺は、あんまり舞とかそういうの、見たことがなくて。感激して、泣いてしまいそうだったんです。あの場で泣いたら、みんな驚くだろうし、舞を邪魔してしまう気がして。それで、木立に隠れて気持ちを落ち着けたんです」

嘘を混ぜて答えると、幸白は苦笑していた。

「そうだったのか。それほど感激してくれたなんて、照れくさいけどね」

幸い、紗月のこぼした涙には気づかれていなかったらしい。

「結果的に、不快に思わせてしまったのなら、ごめんなさい」

「いいよ。気にしないで。むしろ光栄だよ」

幸白は屈託のない笑みを浮かべていた。

「実はさ、君は年も近いから気になっていたんだよね。花婿行列が向こうに到着するまでの縁だけど、この機会に色々話してくれると嬉しいな」

そんなことを言われて、紗月は断れるはずもなく「俺でよければ」と頭を下げた。

「逆に何か、聞きたいこととかない？」

幸白に問われて、紗月は少しためらったあと、口を開いた。

「じゃあ、ひとつ。幸白様は、怖くないんですか？　樫と梓って、ずっと敵対していた国ですよね。たしかに国主になれるかもしれないけど……供の者は、着いたら全員帰されるって聞いていますし」

その問いに、控えていた武士が眉をひそめて紗月を見た。

幸白が察したように手をあげ、「いいんだ」と武士に告げると、彼は不満そうにしながらも紗月から目をそらした。

(しまった。既に覚悟ができているから、こうして花婿行列をしているはずだ)

迂闊な発言を悔やんだが、幸白は気を悪くした様子も見せずに微笑んだ。

「……正直ね、怖いよ。でも、僕は兄をひとり戦で亡くした。樫の国主も、息子をふたりも亡くしている。この血みどろの戦いに終止符を打てるなら、僕ひとりの犠牲など安いものさ。跡継ぎをもうけるまでは、僕の命も保障されているだろうし。それに、もう民に犠牲を出したくない。戦争で田畑が荒れ、息子や兄弟や父親が死んでいく。落ち武者は村を略奪する。戦争で一番傷つくのは、国の民だよ」

幸白の語りを聞いて、紗月は心を打たれた。

彼は、自分が人柱に等しいことを知っている。それでも、行くと決めているのだ。

(国主の息子なんか、民のことを考えたりしないと思っていた)

自分の考えは、間違っていたのだろうか。

紗月は、そっと清酒を口に含んだ。

幸白の部屋を辞したあと、紗月は護衛たちの部屋に帰った。みんなもう眠っていて、いびきや寝息が聞こえてくる。

紗月は荷物を整理しながら、服に紛れさせていた短刀を取り、少しだけ刀身を引き抜いた。

この刀で、幸白を殺す指令が出ている。幸白が「樫の国」に殺されたと思わせたい依頼人がいることは確実だった。一体、誰が依頼したのだろう。そこまで考えて、紗月は首を振って思考を打ち消した。

(自分は刃だ。刃は、使い手のことなんて考えなくていい)

と自分に言い聞かせる。

それまで、紗月は深く考えていなかった。若君を殺すなんて上等だとすら思っていた。しかし幸白は自分を見下したりしない、国のために犠牲になるのもいとわない、優しい青年だった。

(どうして、あのひとは怒らないんだろう)

武士が怒りそうになったときも、幸白は止めてくれた。旅籠の主人や町人の、隠しきれない嫌悪の態度にも気づかないふりをしている。

（……怒らない、のではなくて、怒れない？）

幸白が人一倍気をつけていることは、なんとなくわかった。それは、恐れから来るものではないだろうか。

紗月は、今まで「身分の高い人々」をひとくくりにして憎み、その憎しみを辛い訓練生活を生き抜くための原動力にしていた。だが、幸白を見ていてわかった。「身分の高い人々」も、よくも悪くも紗月と同じ、弱さを持った「人間」なのだと、痛いほどわかってしまった。

それに、幸白は覚悟を決めている。和平のために、身を差し出す覚悟を。

その覚悟を断つのが己が剣だと思えば、背筋が凍った。

（考えるな。相手は標的だ。――必ず、殺す）

惑う心を封じるように、紗月は短刀を鞘に納めた。

紗月の迷いとは裏腹に、花婿行列は進んでいく。

休憩のときなどに、幸白はよく紗月に話しかけてきた。

「お前、幸白様に気に入られているな」

「……そうかな」

隣を歩く、いかつい護衛の男――新太に話しかけられて、紗月は馬に乗る幸白の背中を見る。

出発した日以外は、幸白は地味な色の着物を着ていた。あくまで、あれは儀式的な意味合いだったのだろう。おそらく、樫の城に入る際はまた白い着物をまとうことになるのだろうが。

「どうしてだろうな」

紗月がつぶやくと、新太は笑っていた。

「さあなあ。多分、年が近いから親近感を覚えるんじゃねえかな。――しっかし、国主の息子だし白い子だしっていうんで、正直敬遠してたところもあるんだが……予想以上に、優しいひとだったな」

しみじみと新太が言ったので、紗月は軽くうなずく。

幸白は、紗月の話を聞きたがった。どこで剣を習ったのかとか、どういうものに興味があるのか、とか。

落花流水を発つ前に、嘘の素性に合わせてそういう話は作ってある。だが、嘘をつくのは心苦しかったし、全てに対応できるわけもない。

「本当に、いいひとだよなあ、幸白様は。もっと偉そうなやつかと思ってたぜ」

新太のつぶやきに、紗月は深くうなずく。

そう、幸白はいいひとだ。身分の貴賤に関係なく話しかけるし、気遣う。感謝の言葉も忘れない。——だからこそ、困る。

このままでは情が移って、殺せなくなりそうだ。虚空が選んでくれた、初仕事なのに。

しかもこれは、最後の試験のようなものだ。

失敗して捕まりそうになれば、服毒自殺する決まりだ。毒は常に、懐に入れてある。もし自殺しそこねたら、拷問されてしまうかもしれない。拷問を受けるぐらいなら、毒で死ぬほうがマシだった。

——甘さがお前の足を引っ張っている。

虚空の言葉を思い出して、紗月はぎゅっと拳を握る。

ひとりめだから、ためらってしまうだけだろう。きっと、ひとり殺せば吹っ切れて、暗殺者らしく冷酷になっていくのだろう。虚空のように、冷徹になれるはず。

(甘さは捨てる。悪いな、幸白。お前には死んでもらう)

心のなかで告げると、その言葉が届いたかのように幸白が振り向いた。

慌てて目をそらすと、幸白はすぐに前を向いた。

もう二日も歩けば樫の国に着く、というところで野宿となった。

紗月は心を決めて、夕食の支度を手伝った。怪しまれないように、野宿の夕食の支度はこれまでも度々手伝っておいたのだ。

人目を忍んで、汁物の入った鍋のなかにそっと粉状の眠り薬を入れる。素早くおたまでかきまぜ、紗月は汁物を器に盛って取りにきた武士や護衛たちに渡していった。

食事の際、紗月は汁物を飲むふりをして、皆の視線が向いていないときに素早く、草むらに中身を捨てた。

夕食を終えて寝支度をする。敷物を敷いて、その上に横たわって布団をかぶる。

しばらく経ったところで、紗月はがばりと起き上がる。同じ敷物の横に眠っていた新太は、いびきをかいて眠っている。

そっと立ち上がって、あたりをうかがう。

幸白を取り囲むようにして座っていた、見張りの三人の武士は前のめりに倒れている。

遅効性の眠り薬が、よく効いたらしい。

少し離れていたところで立っていた見張りの武士も、倒れている。

紗月は懐から短刀を取り出し、抜刀した。

幸白に近づく。彼は布団をかぶって、右を向いて横たわり、寝息を立てていた。彼を仰向けにして、彼にまたがる姿勢を取る。

迷いとためらいを捨て、大きく振りかぶる。心臓をひと突きするつもりで振り下ろしたが——いきなり視界が反転して、紗月は驚愕した。

紗月はいつの間にか、地面に押し倒されていた。紗月を押さえつけているのは——誰あろう、幸白だった。彼の手には、紗月の持っていた短刀がある。

(嘘だろ⁉)

紗月はもがいたが、幸白は短刀を紗月の首に突きつけた。

「暴れないで。様子がおかしいと思っていたんだよ」

無表情で、彼は告げる。見たこともないような、鋭い目つきだった。

今までの、あの優しい若君の顔は全て演技だったのだろうか。これが本性なのだろうか、と疑ってしまう。

「誰の命令？」

冷えた声で詰問されても紗月が口を割らずに黙り込むと、幸白は近くに置いてあった縄で、紗月を縛り上げた。後ろ手に縛られ、足首も縛られてしまった。

そして、幸白は紗月の懐を探ってきた。その折に、体に触れたからだろう。幸白は戸惑いがちに、紗月をまじまじと見つめてきた。

「君は……女だったの？」

「……それがどうした！　さっさと、その手をどけろ！」

叫ぶも、幸白は冷静さを欠いた様子もなく、紗月の懐から、あるものを取り出した。出てきた小袋の中身を見て、幸白は眉をひそめ、「丸薬か……」とつぶやく。

それは毒薬だった。なぜ幸白が起きていたのかはわからないが、とにかく暗殺は失敗した。早く死ななければ、と紗月は焦る。失敗したら自殺するのが掟だ。任務失敗で生きて帰っても、処分されるだけ。

「そ、それを私に飲ませてくれ。私には持病があるんだ」

紗月の嘘は、すぐに見破られた。

「これは薬ではなく、毒だろう？　君が病気とは思えない。持病を持っていたら、護衛選抜で選ばれないはずだ。それに、観察していた限り君は薬を飲んでいたことはなかった。なら、これは薬ではない。毒だ。君が毒を飲みたがるのは、僕の暗殺に失敗したからだ」

そこまで語って、幸白は
「君は、落花流水の手の者？」

と問うてきた。

「なぜ、わかった？」

紗月は驚いたが、幸白は平然としていた。

「依頼失敗のときに服毒自殺するという決まりを持つ暗殺集団で、なおかつこのあたりで有名なのは落花流水だから。これでも国主の息子だから、そういう事情については詳しいんだよ」

幸白はうっすらと微笑み、小袋を自分の懐にしまった。

「どうして、私が……怪しいと思った？」

「言動が少し変だったからね。梓の育ちなのに、白い子への扱いに戸惑っているように見えた」

紗月は、花婿行列が町に入らないことを疑問に思い、口に出してしまった。かなり最初のほうで、怪しまれていたらしい。色々と話しかけてきたのも、怪しかったからなのだろう。

「怪しいと思ったなら、もっと早くに手を打てばよかったのに」

時間稼ぎも兼ねて紗月がにらんで話しかけると、幸白は肩をすくめた。

縄抜けしようと、手をひそかに動かし始めたところで幸白が気づいてしまったようで、紗月の首にまた短刀を押しつける。血が、一筋垂れた。

こうなれば舌を噛んで死ぬしかない、と思って口を開けたところで、察したらしい幸白が紗月に短剣の鞘を噛ませる。がちり、という音と共に歯がぶつかる。

「死なせないよ、今はまだ」

幸白は自分の髪を結わえていた紐をほどき、それで噛ませている鞘と紗月の後頭部を結んだ。固定され、首を振っても鞘が外れなくなる。

「君には迷いが見えたし、僕も確信が持てなかった。君の身元は護衛の選抜試験のときに証明されているはずだし。でも何か決行するなら、今日以降だと思ったんだ。明後日には樫の国に入る。一番、みんなの気が緩むときだからね」

語りながら、幸白は自分の荷物を探っていた。下ろされた白い髪が、夜風に揺れる。

「今日の夕食を君がよそっていたのを見て、念のため食べずに、近づいてきた野生の狐に食べさせた。しばらく様子を見ていたら眠りこけたから、毒ではなく眠り薬を盛ったんだとわかった」

幸白の淡々とした説明を聞いて、舌打ちしそうになる。

「まだ、何か隠してないだろうね？」

幸白は、また紗月の懐をまさぐる。そして彼は桜色の勾玉を見つけ、「これは……」と目を見張った。

勾玉は紐を通して首飾りにしていたのだが、幸白は短刀で紐を切って奪ってしまった。

返せ、と叫びたかったが、紗月の口は轡に塞がれていてくぐもった声を発するだけ。

しかし紗月の反応で大事なものだと察したらしい幸白は微笑んで、もちろん返してくれなかった。

「これは預かっておく。君が僕の命令に従うなら、返してあげるかも」

勾玉を懐にしまったあと、幸白は手を伸ばしてきた。

がっ、と首を押さえられて、うつむかされる。

何をされるのだろう、と思っている間に、甘い匂いに気づく。

（しまった！）

幸白の手が離れたときにはもう、紗月の鼻は煙を吸い込んでしまっていた。顔を上げると幸白は手に、線香の束のようなものを持っていた。先端に火が灯され、そこから青い煙が漂っている。紗月に下を向かせている間に、焚き火から火を移したのだろう。

「一時的に素直になれる薬だよ。危ないものじゃないから、安心して」

自白薬を使われた。最悪だ、と思いながら紗月は意識がぼんやりするのを感じる。

幸白は紗月から紐を外し、轡を取った。ようやく口が自由になったが、自白薬のせいで自決する覚悟が薄れていた。

髪を結いながら、幸白は問うてくる。

「依頼人は誰?」

「……知らない。下っ端には、知らされないんだ」

「ふうん」

紗月の言い分を信じたらしく、幸白はまた一転して紗月に穏やかに語りかける。

「君はなぜ、その若さで暗殺者になったんだい?」

幸白に問われて、紗月は簡単に境遇を語った。自白薬のせいで、他人に言いたくないことまで語ってしまう。

「落ち武者に村を襲撃され、家族を殺され、そこで師匠に拾われた。村は滅んだ……」

「そう……。気の毒なことだね」

同情されても、何も嬉しくない。

「この勾玉は、どういうものなんだい？」

「形見。父が残した。唯一のよすがだ」

そう、とうなずいてから幸白は更に語りかけてくる。

「君は選択肢がなくて、暗殺者になっただけだろう」

優しく言われたが、紗月は肩を怒らせて主張した。

「違う。為政者が憎くて、暗殺者になった。戦争の結果、生まれた落ち武者に家族を殺されたから、戦争を起こす為政者が憎かった」

「為政者がみんな、悪ではない。大体、君が命令を遂行していたらまた戦争が起きたんだよ。君の考えは偏っている」

幸白に言い聞かされ、紗月の心は少し揺らいだ。

「君は暗殺者にならなければ、生きていけなかったんだろう」

その言葉で、紗月は思い出す。落花流水での過酷な訓練。適性なしと判断されて、処分されていった子どもたち。

「僕に従ってくれるなら、悪いようにはしない。梓の城で保護してもらうよう、頼むよ。断るのなら、悪いけど君の命はここでおしまい。どうする？」

幸白に問われ、紗月は迷った。

彼はここで生きるか死ぬか選べと言っているつもりらしいが、暗殺失敗の時点で、紗月の運命は終わったも同じだ。断れば、ここで幸白に殺される。かといって、彼に協力すれば落花流水からは裏切り者扱いされて殺されるだろう。後者のほうが、少し命が延びるだけ。幸白は城で保護すると申し出てくれているが、紗月は師匠である虚空に殺されることになる。それが師匠の責任だからだ。虚空なら、紗月が城にいても確実に殺してくる。

（どうする？　考えろ！）

必死に、思考を巡らせる。

しかし、それ以外の答えが出てこなかった。二択しかない。ここで死ぬか、少し先に死ぬか……。

「私があんたを暗殺すれば戦争が起こるというのは、本当か？」

いきなりとも言える紗月の問いに、幸白は戸惑ったように眉をひそめながらも、うなずいた。

「本当だよ。この短刀は、樫の名刀匠・光道斎の作だろう？」

問われて、紗月は黙ってうなずく。

「光道斎の刀は本来、樫の国から門外不出のものだから、樫の者が暗殺したという筋書きになる。そうしたら、僕の父は和平を持ちかけておきながら息子を殺した樫の国主に宣戦布告するだろう。――君は戦争を起こすために、暗殺者になったの？」

問われ、紗月は凍りつく。

（――違う。私は、戦争を起こす為政者を殺すような暗殺者になりたかったはずだ。でも、それは本当に？）

「君は本当に、暗殺者になりたかったの？」

「……なりたかったと、思っていた」

そうでないと、生きていけなかった。他の子どもたちを蹴落として、生き抜いて。虚空や幹部に認められたくて。

（本当は……なりたい、のではなかった？　ならなくてはいけないと、思っていた？）

だって紗月は、両親と故郷を失った。記憶もなくした。もう、落花流水の他に居場所なんてなかった。

紗月の振るった刃のせいで戦争が起きたかもしれないと思うと、ゾッとした。全て奪われて泣いた。強者になれと言われて、育った。強者になろうとした結果、新たに火種を生み出す者になっていたのだろうか。

紗月が答えあぐねていると、幸白はぽつりとつぶやいた。

「僕は、死ぬわけにはいかないんだよ」

恐ろしいほど真剣な顔で放たれた幸白の言葉に紗月は驚き、幸白にどこか危ういものを感じた。

だろうか）

（「死にたくない」じゃなくて「死ぬわけにはいかない」？　失敗できない理由があるの

幸白は目下の者にも優しくて、いつもにこやかだった。しかし、紗月を脅してきたとき

の冷徹さは、紗月でも怖いと思ったほどだ。そして――この、危うさ。玻璃細工のような

脆さを感じる。

（なんだか、とても――不思議なやつだ）

多面的、とでも言えばいいのだろうか。興味を惹かれる存在であることはたしかだった。

「そのために、知恵と力を貸して欲しい」

幸白に請われ、紗月は彼をにらんだ。

「私が裏切らないって、どうして言える？」

「さあ。裏切る可能性もあるね。でも、君が死んで新しい暗殺者を迎え撃つよりは、こう

して手綱を握っていた方がいい。この形見が惜しいだろう」

幸白は懐から勾玉を取り出し、見せつけた。そして勾玉から、紐を全て外してしまう。

紗月は思わず、唇を噛む。

「私が、それを奪おうとするとは考えないのか」

紗月が問うと、幸白は勾玉を消してみせた。次の瞬間、また勾玉が手に現れる。紗月は

驚き、言葉をなくした。

（こいつは何者だ？　白い子には、ああいう特殊能力があるのか？）

「僕が返そうとしない限り、君が勾玉を取り戻すことはできない。ちなみに、隙を見て僕を殺したらこの勾玉は永遠に失われる。体内に入れたままにしておくからね」

（父さんの、勾玉が……）

協力するふりをして幸白を殺せば、唯一のよすがを失う。――詰んでいる。

「さあ、どうする？　悪いけど、長くは待てないよ。護衛の武士たちが起きてこの状況を見たら、事情を話さなくてはいけない。君は、確実に殺されるだろう」

小一時間もすれば、眠り薬が切れてしまうだろう。

考えないふりをしていたが、この暗殺は戦争につながる火種だった。それを無視し、幸白を殺せば紗月はかつての紗月をも裏切ることになる。

腹を、くくった。

（私は、どっちにしろ死ぬんだ。なら――幸白を、生かそう。こいつに興味も出てきたことだし）

紗月はぎり、と歯ぎしりして、言葉を絞り出した。

「……わかった」

紗月はとうとう観念して、うなずいた。だが、質問を続ける。

「幸白、あんたは……国主になったら、戦争を起こさないと誓ってくれるか？」

　幸白は驚いていたが、少し間を空けてからしっかりと首を縦に振った。

「──国主といっても、万能なわけじゃないけどね。できるだけ努力するよ。それなら、協力してくれる？」

「ああ」

　どうせ、もう終わったような命だ。落花流水に殺されるまで、有効に使おうと思った。

　幸白は紗月の命を助ける代わりに協力させることに成功した、と思っているはずだ。しかし、幸白は落花流水のうわさは知っていても、実力をわかっていない。相手は虚空だ。どこにいようと、紗月は確実に死ぬ。この認識を正す必要はないだろう。

「宗次は偽名だよね。本名は？」

「紗月。字は──更紗の紗に、天体の月──と書く」

「ふうん。紗月か」

　幸白に名を呼ばれて、紗月はうつむいた。

「早速、協力してもらいたい。僕は死ぬわけにはいかない。そのために、どう動けばいい？　落花流水は、どう動いてくる？」

「私があんたを殺さないまま樫の国の城に着きそうになれば、組織は新しい暗殺者を派遣するだろう。時間を稼ぐためには一芝居打つ必要がある。あんたは自害するふりをして崖から落ちるんだ。私があんたを追って、安全な足場に誘導してやる」

紗月が即興で考えた計画を打ち明けると、幸白はうなずいた。

「落花流水が動かないように、一旦、死んだふりをしろってことだね？」

「そういうことだ。でも、ずっと身を隠しているわけにはいかない。暗殺依頼を取り消して初めて、あんたの安全は確保される」

「暗殺依頼を取り消すにはどうすればいい？」

「依頼人本人が依頼を取り消すしかない。私は下っ端だから、依頼人の情報を知らない。落花流水に帰らないと、依頼人を突き止められない。……あんたをどこかの村か町で待たせて、私が落花流水に一旦行って情報を取ってくるよ。依頼人の正体如何で、その後の進路は変わってくる。だから、確実に話せる計画はここまでだ」

「なるほどね。悪くない。君の案に乗ろう。依頼が取り消されたと確認でき次第、僕は君に勾玉を返すよ」

契約は成立、とばかりに幸白は微笑んで、手巾で紗月の首から流れた血を拭ってくれた。

❜

紗月を解放し、寝るように促したあと、幸白は奪った短刀をしげしげと眺めた。光道斎の作る刀には光が宿る、という評判どおり、他の刀にはない輝きをまとっている。

刀身を見ただけでもわかったが、念のために幸白は柄を外して、茎――柄に収められていた部分をあらためた。たしかに、「光道斎」の銘が刻まれている。

紗月は、これを使って幸白を殺そうとした。紗月に説明したとおり、これを使えば樫の国が暗殺者を放ったと思われるからだろう。樫の国の仕業と見せかけるのだから、樫の国に依頼者はいないことになる。では一体、どの国からの依頼だろうか。梓も樫も大国で戦に強いので、敵は多い。

樫の国や梓の国の両方と国境を接する、「楡の国」なんてかなり怪しい。五年前に樫の国と戦争をして、痛手を負った「楓の国」も、此度の縁談を止めたいと思うかもしれない。それとも、帝を抱える「桜の国」の仕業だろうか。朝廷の権力を取り戻したくて、双方をぶつけることによって他国の戦力を削ごうと考えてもおかしくない。

最悪なのは、身内――梓の国に犯人がいる場合だ。梓の家臣に和平反対派もいた。彼らの仕業だろうか。

紗月の計画どおりうまくことが運んでも、一旦、梓の城には幸白の訃報が伝えられてしまう。幸白が戻るまでは父にあとを託すしかない。

（まあ、いざとなれば幸久の兄上がいるし。和平交渉がなくなることはないだろう）

父なら、幸白の代わりに幸久を婿入りさせることを思いつくだろう。

そこまで考えたところで、幸白は短刀を懐にしまって眠ることにした。

第三章 ✤神話伝承✤

昼過ぎ頃、粛々と山道を進んでいた花婿行列に乱れが生じた。

幸白が馬から飛び下り、いきなり駆け出したのだ。

皆が呆気に取られている間に、護衛のひとりである、佐野宗次という少年が幸白を追う。

「若様、危ない！」

護衛の叫びにも止まらず、幸白は崖からひらりと身を躍らせる。

「若様！」

武士たちが我に返り、彼らに追いつこうとしたときにはもう、護衛の少年も飛び降りていた。

武士たちは、恐る恐る下を見下ろす。眼下には、深い森が広がっていた。

「この高さでは、助からない……」

武士のひとりが青ざめてつぶやき、膝をついた。彼は拳を握り、首を横に振った。

「どうする、下に行って捜すか」

「無理だ。ここからは下りられないし、下りたとしても……生きてはいまい」

「若様は、きっと本当は婿入りが嫌だったんだ。自ら飛び降りていた。自殺だろう。私たちは、早く梓の城に帰って国主様に伝えるべきだろう」

嫌な顔ひとつ見せずに、旅をしていた幸白。自殺するほど思い詰めていたことを察せなかったことを悔い、武士たちは幸白に同情した。

後ろから来た護衛衆も、沈痛な面もちで崖下を見やる。

「そんなに嫌だったのかねえ」

「顔に出さないから、全然気づかなかったな……」

護衛たちが言葉を交わし合う傍らで、武士たちは話し合い、「城に引き返そう」と結論を出した。

❜

武士と護衛衆の話し合いを、紗月と幸白は崖のすぐ下にあった窪みに身をひそめつつ、聞いていた。この崖は上から見るとわからないが、天然の足場と窪みがあるのだ。

退路確保のため、落花流水秘伝の地図によって紗月はここのことを頭に叩き込んでいた。

幸白に追いすがる形で紗月が飛び、彼の体を引き寄せてこの足場に導いたという寸法だ。

そのため、紗月が幸白を右腕で引き寄せている姿勢になっていた。

足場が狭いので、密着せざるを得ない。

少し上を見ると、幸白は気まずそうに目をそらした。そういえば、彼は紗月が女だと知っているのだった。意識すれば、紗月まで気まずくなる。だが、不安定な足場で手を放すと危ない。まだ上に武士たちがいる以上、音を立てても困るので、紗月は回した腕を放さないでいた。

事前に計画を話していたが、生きた心地がしなかったのか、幸白の顔は少し青かった。

足音が遠ざかっていくのを確認してから、紗月は幸白から手を放して「行こう」と促した。

「この崖には、転々と足場が続いていて、森に下りられる。不安定な足場だから、私があんたを抱えてやろうか？」

問いかけると、幸白はきょとんとしていた。

「……本気？　それとも、冗談で言ってる？」

「私はいたって本気だが」

こんなところで冗談を言ってどうする、という思いをこめて首を傾げると、幸白は大仰にため息をついた。

「遠慮しておくよ。君を追いかける形で、行くよ。先に行ってくれないか」

「わかった」

紗月は、岩の張り出したところを踏みしめ、跳躍していった。足場といっても等間隔にあるわけでもない。

不安になって見上げると、幸白はそう慌てた様子もなく紗月の踏んだ足場を順番に跳んできていた。

（幸白は戦に出たことはないと聞いていたけど……訓練はしていたのだろうな）

それは、昨夜の身のこなしからもわかっていたが。

ふたりは無事に、森に下りることができた。

「これで、みんな僕が死んだと思ったはずだ。これから、君が依頼者を突き止めてくれるんだったね」

幸白は肩で息をしながら、確かめた。

「そうだ。この森を突っ切れば、樫の国に出る。適当な村で、あんたは待機しておいてくれ。私ひとりで、落花流水に戻って依頼人を聞き出してくる」

紗月は昨夜も語った計画をもう一度口にしてから、太陽の位置で方角を確かめて、東へと歩き出した。

「なぜ、樫に入る必要が？」

幸白の問いに、紗月は顔をしかめた。

落花流水が樫の国にあるからだが、そのことを幸白に伝える必要はない。それに、落花流水は秘された組織。知れば知るほど危険になる。

「聞くな」

言い捨てると、それだけで「聞いてはいけない」ことだとわかったようで、幸白は引き下がって話題を変えてきた。

「そういえば、君はどうして男装してるんだい？」

「動きやすいからだよ。あと、女の剣士は目立ちすぎる」

簡単な答えを返すと、幸白は「そう」と納得していた。

ふたりはしばし、無言で森のなかを進んでいく。

紗月は幸白という標的と共に歩いていることを不思議に思うが、彼を殺さずに済んで、心のどこかでホッとしている自分に気づく。

（私は……虚空の言ったとおり、暗殺者になるには、甘すぎたのか）

そんなことを考えていると、幸白が質問を投げかけてきた。

「君は、拾われて落花流水に行ったんだったね。どういう生活だったの？」

「どう、って……」

答えていいものかどうか迷ったが、機密に触れない部分ならいいだろうと判断して、紗月は簡単に語った。

「訓練漬けの毎日だったよ。暗殺者候補は、私みたいな身寄りのない子どもばかりだった。訓練についていけなかったら、処分されるんだ。処分されたくないから、私は必死に訓練についていった」

苦虫をかみつぶしたような顔で説明すると、幸白は驚いていた。

「処分って――殺される、ってこと？」

「それ以外に、何があるんだ。暗殺者の素質のない子どもは、生かす価値がないとされるんだ」

幸白は凄絶な話に絶句していた。

紗月は師匠の虚空が落花流水でも有数の暗殺者だったが、それでも集団訓練で落ちこぼれたら処分は必至だっただろう。

（……師匠の訓練を受けながらも、私はあまりいい暗殺者にはなれなかった。いや、違う。暗殺者自体になれなかったな。最後の試験に失敗したのだから）

「あんたは大事に育てられたんだろう？」

皮肉交じりに紗月が問うと、幸白は苦笑した。

「もちろん、国主の家だから豊かだし、君のような過酷な環境ではなかった。死んだ母上の遺言のおかげで家族はみんな優しかったけれど、他人はそうもいかなかったよ。この見た目だからね」

幸白は、憂いを帯びた微笑みを浮かべた。

「僕も、昔はわからなかったよ。城のひとは、僕を粗略に扱えば罰を受けてしまうから、本当は『白い子』が嫌でも優しくしてくれていたんだ」

幸白は冷静な表情で続けたが、目の光が哀しそうに揺らいでいた。

「現実を知ったのは、父の言いつけを破って城から出て、町に行ったときだよ。僕は、子どもたちが遊んでいるのを見て、入れてもらおうとした。そしたら、『白い子は近寄るな！』と叫ばれて石を投げられたよ。僕は、逃げた。逃げるしか、なかった」

幸白の過去の話を聞いていると、胸が痛くなった。

「あと、子どものときに僕の世話係だった女性——ねえやが、とても優しくて、きれいでね。密かに、ほんのり恋心を抱いていたんだ」

「ふうん……」

なんとなく、どういう話が続くかわかって、苦しくなる。

「でもある日、庭で使用人たちの会話を聞いてしまったんだ。そこでねえやが『もう、不吉な白い子の世話役なんて嫌。いつ家族や私に悪いことが起こるか、わからない。早くお役御免になりたい』と言っていたんだ。それを聞いてなお、なんでもないふりができるほど、僕は大人じゃなかった。哀しくて、悔しくて——腹が立った。僕は父に泣いて訴えた」

「そのひとは、どうなったんだ？」

「父に激怒されて、城から去ったよ。ねえやは職を失ったんだ。僕は、ねえやを不幸にしてしまった……。今では後悔しているけど、そのときはどうしようもなかった。僕はそれ以来、世話係はつけないでほしいと父にお願いした。身の回りのことは、なんとか自分でできるようになっていたからね」

幸白は淡々と語り、紗月は何も言えずに黙り込んだ。

幸白が怒ったから、世話役の女性は追放となった。それで周りを傷つけないように我慢して感情を抑えるようになったのだろうと、推察できた。

(なんとなく、共感できるのは……私も、ひとりぼっちになったからだろうか。幸白も城で、たくさんのひとにかしずかれながらも、孤独な思いをしていたんじゃないだろうか)

そんなことを考えて、紗月は首を振る。

(いやいや、相手は私を押さえ込んで勾玉を奪って脅しているやつだ。食えない男だってのに、どうして共感するんだ)

自分の気持ちがわからなくなって、紗月は唇を噛む。

そんな紗月に気づいているのかいないのか、幸白は話を続けた。

「でも、さっきも言ったように家族は優しくしてくれたよ。特に幸久の兄上は、城下町に行って面白い話を仕入れてきては、僕に語り聞かせてくれた」

幸白の口調からは、幸久への信頼と親愛が垣間見えた。

幸久は、二番目の兄だったか。紗月は、指令を受けたときに教えてもらった幸白の家族構成を思い出す。

「だからこそ、僕は家族をがっかりさせたくないんだ。今回の婿入りも、失敗できない」

幸白がつぶやき、紗月は彼には重圧がのしかかっているのだと察する。

(それで、「死ぬわけにはいかない」……か)

なんとなしに、彼の背負うものが垣間見えた気がした。


そのまま、森を歩いていく。幸白は文句ひとつ言わずに、ついてくる。

ふと、紗月は足を止めて幸白を振り返った。

「どうかしたの?」

「しっ。——狙われている。殺気だ。構えろ」

紗月が言い終わらないうちに、木々の合間から男たちが走り出てきた。紗月は抜刀し、幸白も刀を抜く。

野盗だ。構えも、なっていない。乱暴なだけの斧の攻撃を受け流し、紗月は刀を振るう。

「紗月、殺すな!」

幸白に警告されたため、紗月は刀の柄で男の鳩尾を突いた。次に飛びかかってきた男も刀で鉈の刃を受け止め、脇腹に蹴りを入れる。

振り向くと、幸白も男の攻撃を刀で受け止めて、流し、足払い(あしばら)を決めて転倒(てんとう)させ、その鳩尾に足先を叩(たた)き込んでいた。

もうひとりかかってきた男をいなし、昏倒(こんとう)させる。

野盗は合計、五人だった。紗月が三人、幸白が二人仕留めた。

「行くぞ」

疲(つか)れた様子の幸白に声をかけ、早足で歩き始める。

野盗たちから充分(じゅうぶん)遠ざかったところで、紗月は幸白に問いかけた。

「どうして、殺すなって言ったんだ？」

「君はまだ、誰(だれ)も殺していないんじゃないかと思って」

「……正解だが、それがどうしたんだ」

未熟な暗殺者だと見破られていたのだろうか。

「僕も誰も殺したことがないんだ。だから、こんなところで人を殺(あや)める罪を犯(おか)すこともないかと思って。余裕(よゆう)がない戦いならともかく、そうではなかったし」

「正当防衛で殺すぐらい、別にいいだろう」

紗月の答えに、幸白は苦笑していた。

「本当に、そう思う？」

「……何が、言いたい？」

「身内の話になるけど、僕の長兄は優秀な武人でね。でも、初陣のときだけは、帰ってすぐに気分が悪いと言って自室に閉じこもっていたよ。あんな兄上は、初めて見たな。それ以降は、動じないようになったけどね。良くも悪くも、割り切れるようになるんだろうね」

幸白の話で、虚空が「人間は、ひとをひとり殺すと様変わりする」と言っていたことを思い出す。

さきほどはいきなり幸白に命令され、手加減できる相手だったので、そのまま昏倒させるように動いただけだが……。

（どうせ私は死ぬのだし、いっそ誰も殺さないまま死んでやるか。暗殺者になりきれなかった、「できそこない」らしいだろう。誰も殺さず幸白を守ることで、「何か」を成し遂げられるかもしれない）

それは、なけなしの意地のようなものに裏づけされた感情。

そんなことを考えて、紗月は春の薄青い空を仰いだ。

その日は、森で野宿をした。焚き火をして、まだまだ冷える春の夜をやりすごす。

「私は見張りをする。あんたは寝ろ」

紗月が木にもたれながら促すと、幸白は荷物のなかから厚手の布を取り出して土の上に広げた。彼は羽織をかけ布団代わりにして、横たわる。

「見張り、交代制にしようか」

「いい。私は、一日ぐらい寝なくても大丈夫なように、訓練している」

幸白の提案を一蹴したが、彼は引き下がらなかった。

「……といっても、全く寝ないのは大変だろう。別に君は、僕に命を取られるわけでもなし。交代制にしようよ」

「わかった」

紗月も疲れていた。言い争う気力もなくて、小さくうなずく。

「よろしく。君が眠くなってきたら、起こしてね」

頼んでから、幸白は目をつむったが――すぐに目を開いた。不思議できれいな赤い目が、のぞく。

「寝る前に、何か聞きたいことがあったら、言って。今日は、過去を語り合ったよね」

「……別に聞きたいことなんか、ないけど」

とは言ったものの、気になることが心にあぶくのように浮かんできた。

「あんたは、いい教育を受けたんだろう。文化とか、そういうのに詳しいのか」

「え？　ああ、まあそれなりに。何を知りたいの？」

「物語……を」

紗月がためらいながらも、おずおずと口にすると、幸白はぽかんとしていた。

「――幸白？」

声をかけると、彼は我に返ったように、咳払いをして隙のない笑みを浮かべる。

「……ああ、うん。別にいいよ。でも、一体どうして？」

「いや、なんとなく」

はぐらかしたが、実は紗月には物語の類いの記憶が抜け落ちているからだった。落花流水に入るまでの記憶が薄れてしまい、入ってからは本を読めるようになったが虚空の蔵書に物語の本はなかった。だから、ずっと物語を聞きたい、読みたい、と思っていたのだ。物語をきっかけに、自分の記憶が戻るのではないかという目算もあった。

「どんな物語がいいの？」

「神話以外のが、いい」

「ふうん。じゃあ、短いお話をしてあげようか」

幸白は語った。亀を助けた漁師の話を。漁師はお礼にと竜宮城に連れていかれて大歓迎されたが、いざ帰ってみると数百年のときが経っていたという。そして、土産にもらった、開けてはいけないという玉手箱を開けたら漁師は老人になってしまった。

「……それは、面白い、のか？」

紗月が首を傾げると、幸白は笑いをこらえていた。

「うーん。でも、有名な話だよ。聞いたことない？」

「ないな。あんたが嫌じゃないなら、また寝る前にでも聞かせてくれないか。物語を」

「わかった。でも、どうして神話は嫌なの？」

「神様なんて、信じてないから」

「奇遇だね。僕も神様の存在には懐疑的だよ」

幸白の発言に、紗月は思わず眉を寄せた。

「あんたは一応、梓の神の末裔だろ？　なんで、懐疑的なんだ？」

「そういうことになってるけど、創世神話なんてほぼ創作だと思うな。懐疑的なのは、願いを叶えてもらえなかったから……かな。君のほうは、どうして？」

「誰も救ってくれなかったからだ。住んでた村は滅びたって、言っただろ」

「そう。なんだか、理由が似てるような気がするね。──じゃ、おやすみ」

幸白は刀を抱いて、目を閉じていた。

完全には、紗月を信頼していないのだろう。きっと、紗月が動けば目が覚めるような浅い眠りに身を委ねている。

（それでいい）

紗月は木の葉の合間から、星の舞い散る夜空を仰いだ。

真夜中、紗月が眠気をこらえはじめたとき、計ったかのように幸白が目覚めて見張りの交代を申し出てくれた。

紗月は承諾してすぐ、幸白が眠っていた布の上で眠った。

夜明けごろに起こされ、ふたりで乾飯と水だけの簡素な食事をしてから、火を消して旅立つことにした。

❜

幸白は、紗月の華奢な背中を見ながら歩いていく。

(本当に、強いんだな)

野盗との戦闘を見ていたら、よくわかった。圧倒的な、技量。幸白が習ったことのない、不思議な太刀筋。

(より効率よく殺すための、剣だ)

どうしてか、紗月のことが気になり始めているようだ、と自覚する。

どこか脆そうな横顔のせいだろうか。戦いの際に見せた、鋭さのせいだろうか。物語をせがむ、子どものようないとけなさのせいだろうか。

強さと弱さを併せ持つ少女は幸白の目に、新鮮に映っていた。

ただ利用するだけの予定なのに。

（僕と彼女の道が交わることなんて、ないのだけど）

不毛な想いは芽生える前に、捨てるべきだろう。

幸白は心のもやもやを振り払うように首を振って、紗月のあとを追った。

❜

その夜も森のなかで野宿となり、幸白は物語を語ってくれた。今度は、月から来て月に帰る姫の話だった。紗月は、今回の話は前の話より面白いと感じた。

森を抜けたらもう、樫の国だった。それから半日かけて、農村にたどり着く。幸白が一時的に身を隠せるような村かどうかを確認するため、紗月が先行して様子を探ることにした。

村の入り口で待っているように幸白に言いつけてから、紗月は村のなかを歩いた。

平穏そうな農村だった。村を行き交う人々の表情は明るく、服装も粗末ではない。比較的、裕福な農村なのだろう。

幸白は「白い子」だ。樫の国では瑞兆とされる存在だが、そのために売ろうとする輩がいるかもしれない。

本来は善良な人々が、貧しさゆえに鬼に変わってしまうことは珍しくない。

そのため、紗月はこの村が豊かそうなことを確認して安堵した。ここで待機してもらって、問題ないだろう。

紗月は村の入り口に戻って、市女笠を深くかぶり直していた幸白に、「ここは安全そうだ。行こう」と促した。

紗月と幸白は並んで歩いていく。

市女笠をかぶっている男性が珍しいからか、すれ違うひとが好奇の目を向けてくる。

妙な立て札が目に入り、ふたりは足を止めた。

『双子だからと差別することなかれ　子を捨てるべからず　樫の国・国主』という立て札に紗月は首を傾げる。

「樫の国では双子が不吉なんだって聞いたよ」

幸白がため息をついたところで、紗月は「そういえば」と思い出す。自分が生まれ育った村にも、似たような札が立ててあった気がする。

村で双子が生まれた話は聞かなかったはずだが――。記憶が曖昧なので、自信がなかった。

突如、通りかかった老夫婦の妻のほうが尋ねてきた。

「お二方、よそから来たの？」と問われて、紗月が「そうだ」と答える。

夫妻は幸白の顔をのぞき込んで容姿をまじまじと見て、「白い子だ。ありがたや」と拝んできた。

「すみません。このお触れは、いつごろ出されたものですか？」

幸白は苦笑しながら、尋ねていた。

「あのお触れが出始めたのは、十四、五年ぐらい前のことですよ。樫の国では、双子が凶兆とされるので、双子が生まれると裕福な家でも、どちらかを養子に出したり捨てたり間引きしたり……ということをする者が多かったそうなんです」

とうとうと、老女は語った。

「樫の国で双子が不吉とされるのは、『双子が生まれると家が滅びる』という迷信があるからなんですよね。おそらく樫の国では過去に双子が後継者争いをして滅びにつながった家がいくつもあったせいではないか、と私は思っておるのですよ」

夫のほうが推理を披露して、紗月は納得してうなずいた。一理ある。

「実は、陽菜姫は元々双子だったのではないか……という、うわさがあるんですよ」

妻のほうが、声をひそめて教えてくれた。

「とある村が落ち武者のせいで滅びたとき、樫の国の国主様が直々に駆けつけたそうです。そして、子どもを捜していたとか。その後も、国主様は女の子を捜し続けているそうです」

「今も――？　その……陽菜姫が生まれてすぐ、あのお触れが出されたんですよね？」

「ええ、そうです。あのお触れと国主様が女の子を捜していたことを結びつけ、国民は

『国主様は双子で生まれた娘のひとりを手放し、世間の風潮が変わったらまた引き取るつもりだったが、その娘が育てられていた先で行方不明になったのでは』、とうわさしているんです」

　その話を聞き、幸白は考え込むようにうつむいていた。

　彼自身が梓では凶兆とされる存在なので、双子の扱いに思うところがあるのかもしれない、と紗月はひっそり考える。

「お触れが出て、何か変わったんですか？」

　幸白が問うと、妻のほうは首を横に振った。

「根付いた風習は、そうそう変わりません」

「でも、国主様がお触れを出したことで、双子に生まれた子でもそのまま育てることにした貴族も現れた、とかで。全く効果がないわけではありません。このまま、迷信が薄れるといいですね」

　夫のほうが希望論も交えて、言い添えた。

「あの――僕らは兄弟で旅をしているのですが、用事があって弟が一人で行かないといけないところがあるんです。しばらく、僕を泊めてくれそうな家はありませんか」

　突然、幸白が尋ねると、老夫婦は「それなら、うちに来てください」と声をそろえて言ってくれた。

不審に思って幸白を振り向いたが、彼はうっすらと微笑んで紗月にささやいた。

「会話を聞いていて、理知的でよさそうなひとたちだと思ったからね。この規模の農村なら、旅籠もないだろうし。村長や長者の家だと目立ってしまう」

「それもそうだな」

旅籠がない村では、村で立派な家を持つ村長や長者の家が客人を泊める役割を持つ。しかし、そういうところはどうしても人の出入りが多いので、幸白のことはあっという間にうわさになってしまうだろう。幸白は死んだふりをして、身を隠しているのだ。目立つのは、できるだけ避けたい。

幸白の素早い判断に舌を巻きながら、紗月は老夫婦のあとをついていった。

かくして幸白は老夫婦の家にしばらく滞在することになり、紗月はすぐに発つことにした。

玄関から出てしばらく行ったところまで、幸白は紗月についてきた。

「……もう、見送りはいいぞ」

紗月が気まずくなって振り返ると、幸白は勾玉を取り出した。

「信じているけど、必ず戻ってきてね。僕も、約束を守るから」

裏切るな、と言いたかったのだろう。紗月は歯がみした。もう、あの時点で覚悟をしたというのに。

だが、一度殺そうとしてきた相手を全面的に信じるのは難しいのだろう。

「わかってるよ。それより、幸白。よく聞け」

「うん？」

「私が情報を持って無事に戻ってこられる確率は、正直——五分五分だ。反対に捕まる可能性がある。もし私が七日経ってもここに戻ってこなかったら、あんたは梓の城に帰れ。そこで、父親に協力してもらって身を潜めたまま、依頼人を突き止めろ。樫の城には、絶対に行くな。落花流水が動くから。——わかったな？」

「……了解」

「それと、私が戻ってこなかったら——その勾玉は、大切にしてくれ。売ったりせずに。約束してくれ」

切々と訴えると、幸白は力強くうなずいた。

「約束するよ。でも、そんな気弱なこと言わないで。必ず、戻ってきて。君のためにも」

幸白に肩をつかまれて言い聞かされ、勇気が湧いてくるのを覚える。

「ああ。戻ってくる」

「うん。気をつけてね。さっきは、また脅すようなことを言って、ごめん。その、どうしても……」

「いいさ。あんたの立場上、そうせざるを得ないってのは、よくわかるから」

紗月が微笑んでみせると、幸白はホッとしたように息をついていた。

「無事に戻ってこられるように、祈ってるから」

「ああ。じゃあな」

そうして紗月は、幸白に背を向けて駆け出した。

（失敗したくないな……）

幸白には五分五分と言ったものの、実際は成功する可能性はもっと低いだろう。

虚空が遠くに仕事に出ているのが、唯一の希望だった。


老夫婦の家はそれほど大きくはなかったが、こぎれいだった。一緒に息子夫婦が住んでおり、彼らは幸白の容姿を見て驚き、拝んでいた。

「宿代は、先払いさせていただいてもよろしいでしょうか」と申し出ると、「とんでもない。お代などいただけません」と遠慮されてしまった。

なんでも、このあたりでは客人信仰があつく、客を泊めるだけでも福が来ると言われているらしい。ましてや、幸白は瑞兆である白い子。

「こちらがお支払いしたいぐらいです」

そう言って、老夫婦は恐縮しきっていた。

幸白は「宗一」という偽名を名乗った。紗月の偽名が宗次なので、という安易な理由だ。

夕食に歓迎の証に豪華な山菜料理を出され、幸白はありがたく平らげた。酒も出されたので三杯ほど飲んで、あとは「これ以上飲むと、二日酔いしてしまいますので」と、遠慮しておく。

一応、警戒は怠らずに過ごしていたが、老夫婦やその息子夫婦は親切を絵に描いたようなひとたちだった。

夜は、刀を枕元に置いて、貴重品は懐に抱いたまま布団に入る。久方ぶりの布団は温かで柔らかい。

紗月は今も、歩いているのだろうか。落花流水がどこにあるのか幸白は知らないが、おそらく樫の国にあるのだろう。

今は、幸白が紗月の命と形見を盾に言うことを聞かせている状態なのだが——幸白が思っているより、紗月に積極性がうかがえる気がした。

(なぜだろう? ——僕は、何かを見落としている?)

つらつらとそんなことを考えながら、幸白は眠りに沈んでいった。

翌朝、目覚めて素早く着替える。

廊下に出ると、老夫婦の妻――八重と、ばったり出くわした。

「お目覚めでしたか。朝食の支度ができております。どうぞ、こちらに」

「はい」

八重の案内に従って、座敷に案内される。すぐに、息子夫婦の妻君が食事を運んできてくれた。

朝食にしては量が多いな、と思いながら箸を進めていて、農村は一日二食のところが多いと、どこかで聞いたことを思い出す。しっかり食べておかねば。

「わたくしどもは、野良仕事がありますので、外にいます。何かありましたら、畑に呼びにきてください」

八重に説明されて、幸白は頭を下げる。

既に、男衆は畑に出ているのだろう。

「ありがとうございます。あの……このあたりで神話に詳しいひとは、どこにいますか」

幸白の問いに八重は不思議そうな顔をしながらも、答えてくれた。

「山の上にある神社の神主さんなら、詳しいかと。でも、どうして?」

「実は、僕らは地方の民話や神話、風習などを蒐集しているのです」

旅をしている理由をでっちあげると、八重は驚いたように目を見開いていた。

「まあ。それでは、学者さんですか」

「それほど、立派なものでは。ともあれ、それで神主さんに話を聞いてみたいと思っているのですよ」

「そうですか。神社への道筋を、お教えしておきますね。この家を出て右に曲がって、ずっと行ったら山に続く道が出てきますので。そこを通ってください」

「ありがとうございます。夕刻までには、帰ります」

幸白は頭を下げて礼を述べ、微笑んだ。


朝食を取って少し休憩したあと、幸白は山の神社まで登っていった。

鳥居をくぐって、しばしたたずむ。

山の上だからか、こぢんまりとした神社だった。七歩ほどで、社殿にたどり着く。境内は横長で、十人も大人の男が並べば窮屈だと感じるぐらいの広さだ。社殿もあまり大きくはない。

幸白の他に人影はなく、静かだった。神社だからだろうか。神聖で清冽な空気が漂っている気がする。

神社の上にある木札には、「木花咲耶姫」と書かれている。この神社の祭神は、コノハナサクヤヒメらしい。

幸白は、今まで神社に参ったことがなかった。一度、梓の神に挨拶したいと思って、城近くの神社に行きたいとねだったことがあるのだが、父に「頼むから、聞き分けてくれ」と泣かれて、引き下がった。

小さいころは、どうして父が泣いてまで止めるかわからなかった。

今なら、わかる。凶兆とされる幸白を神の前に連れていくことなど、できるはずがなかったのだ。父は幸白をかわいがってくれたけれど、それも母の遺言あってのこと。白い子を連れていけば、天罰を受けるとでも思っていたのかもしれない。

なんの屈託もなく、神社に戦勝祈願に行く兄たち——幸継や幸立が羨ましかった。幸久は信心深くないので、神社になど祭りがあるときにしか行かなかったが。

神主が見当たらなかったので、とりあえず幸白は賽銭箱に小銭を入れて、鈴を鳴らしてから、手を合わせた。

紗月の無事を祈り、平和祈願もした。どこか淋しさが自分と似ている少女のことを考え、幸白は不可思議な感情が芽生えているのを感じた。

ふと後ろに気配を感じて振り向くと、白い着物に水色の袴をまとった初老の男性が立っていた。神主だろう。

「熱心に祈られておりましたな。何を、願われていたのです？」

幸白は市女笠を脱いで、一礼した。市女笠をかぶっていても目と前髪は見えていたはずなので、白い子だとはわかっていただろう。実際、神主は驚いていなかった。

「世界が平和になりますように、と」

無難な答えを口にすると、神主は苦笑していた。

「神様は天災はなんとかしてくれても、人災はなんともしてくれないですよ」

もっともな話だと思いながら、これからどうなるのだろうか……と、うまくいくかどうかを心配する。幸白の死はもう父に伝わっただろうか。父は樫の国には事故死だと伝えるとは思うが、事態がどう転ぶかわからない。

「失礼ですが、どこからいらっしゃったのですか？」

神主に問われて幸白は、「遠いところから」と曖昧に答えた。

「そうですか。やはり、樫の国のかたではないのですね。この国では、白い子は子どものころに家を出て、神社で神に仕えるようになるので」

神主は、つらつらと語って幸白を見つめる。つまり、こうして白い子が出歩いていること自体が珍しいのだろう。

「樫の国では、白い子は吉兆なんですよ。白蛇信仰が盛んで、白いものを聖なるものと見なす風潮があるのです。白い子は、隣国では不吉とされるようですがね……」

まさか、その隣国から幸白が来たとは思っていないのだろう。神主は眉をひそめ、続けた。

「聖なるものと不吉なものは表裏一体。えてして『稀なもの』は、どちらかに見なされるものです」

不吉なもの扱いされていた梓の国より居心地はいいが、吉兆とされるここでも、違う意味でじろじろ見られる。

居心地が悪くなって、思わず目をそらしてしまう。

そこで幸白は質問しようと思っていたことを思い出し、話を変えた。

「僕は、旅をしながら各地の民話や風習などを蒐集している者です」

嘘の身分を口にすると、神主は「ははあ」と感心したようだった。

「それで、色々と話を聞きたいと思いまして……。ここの祭神はコノハナサクヤヒメなんですよね？　彼女が与えたとされる桜の勾玉について、よくご存じですか？」

「ああ、あの——各国主の家に伝わるという桜の勾玉ですね。もちろん、存じておりますよ。何か質問があれば、どうぞ」

どうやら、知識には自信があるらしく、神主は心持ち胸を張っていた。

「桜の勾玉は、国主以外が持つことはありえますか」

その質問に、神主は首を横に振った。

「桜の勾玉は、世の中に数えるほどしか存在しません。コノハナサクヤヒメが天孫——帝の祖先に嫁いだとき、植物の神々に各国の支配を頼んだとされます。そのとき、桜の勾玉を神とその配偶者に贈った。つまり、一国に二つしか存在しないのです」

「そんな貴重なものなら、国主以外が持つ機会など、ありませんよね」

「それはそうでしょう。どの家も、国宝として大切にしていると思いますよ」

　やはり、とつぶやいて幸白は顎に手を当てる。

　幸白が父から聞いた話と同じだった。父に、一度だけ桜の勾玉を見せてもらったことがある。紗月の持っていた勾玉を見たとき、幸白は我が目を疑った。あの桜の勾玉に、そっくりだったからだ。桜の勾玉は、普通の勾玉とは見た目も違うのだ。ただの桜色ではない。内側に光が秘められているような、不思議な色合いをしている。紗月の勾玉は国主の家が持つ桜の勾玉で間違いないだろう。

「どこかの国の勾玉が紛失したとかいううわさは、聞いたことがありませんか？」

　質問を重ねると、神主は知らないとかぶりを振っていた。

「滅びた国の勾玉は、どうなるのですか？」

「国主の直系血族が途絶えてしまうと勾玉は消えてしまう、という話ですよ」

　となると、滅びた国の勾玉が偶然紗月の手に渡ったという可能性は消えた。

　ではやはり、樫の国で行方不明になっているという「陽菜姫の双子の妹」が紗月なのだろうと幸白は半ば確信する。

　陽菜姫のうわさを聞いたとき、「もしかして」と思ったが——この事実は、早急に紗月に伝えるべきだろう。実の両親が生きているかもしれないのだから。

ふと、幸白は考え込みすぎて、神主から不審そうに見られていることに気づき、慌てた。

「すみません。もう少し、質問を。桜の勾玉が、昔は力を持っていたというのは本当ですか？」

気にかかったことを質問すると、神主はうなずいた。

「かつて、身に宿せば片方の勾玉は鬼神のごとき強力を与え、もう片方は癒しの力を授けたという話ですね。本当ですよ。コノハナサクヤヒメが、桜の勾玉にこめた力です。ですが、世が荒れ戦乱の世の中になると、国主は戦争にその力を使い始めた。ひとりで一騎当千の活躍ができたといいます。コノハナサクヤヒメは、戦に勾玉の力が使われたことを知ってひどく嘆き、全ての勾玉から力を奪い去ってしまったのです」

神主の語りを聞きながら、幸白は懐にしまってある勾玉を意識した。かつて持っていた力を失い、国主の血を引く者が身体に出し入れできるという以外は、無力な勾玉。これを紗月にわざわざ持たせていたのは、いつか引き取ろうと思っていたからなのだろうか。

それなら、やはり紗月には早めに知らせよう。うわさが本当なら、樫の国主は紗月を捜している。神代から伝わる家宝である勾玉を託したぐらいだ。きっと彼女を、大切にしてくれるだろう。紗月を保護してくれるはずだ。

幸白はあたりを見渡す。境内に植わっている花は、薄紅のつぼみをつけているところを見ると、桜に違いない。開花したら、さぞかしきれいだろう。

帝の祖先である太陽の女神・アマテラスオオミカミや、その弟である月の神・ツクヨミノミコトなどを天つ神と呼ぶ。彼らは天上の世界・高天原に住まう。一方、梓の神や樫の神は国つ神だ。元々地上にいた神で、今も地上にいるという。

そんなことを考え、幸白は空を仰ぐ。コノハナサクヤヒメも元々は地上に住んでいた国つ神だったが、婚姻により天つ神となって今は高天原に住んでいるのだという。

「そういえば、この話はご存じですか。天孫降臨前のお話です。かつて、秋津島には大きく分けてふたつの民族が住んでいた。ひとつは海に囲まれた島々から来た。もうひとつは、西にある大陸から渡ってきたという」

神主に水を向けられ、幸白は昔に聞いた話を思い出す。

「ああ、昔に父から聞きました。海の民族は東に、大陸の民族は西に住んでいたと」

秋津島に降り立った天孫は太陽の女神の子孫なので、帝はどちらの民族の血も引いていないと言い伝えられている。

「そのとおり。面白いことに、文化もその昔の民族で分かれていることが多いのですよ。白い子の扱いがよいところは、東です。海の民の間では、元々蛇神信仰が盛んだったとか。それゆえ白い蛇への信仰もあつい。逆に西の文化圏では、あまり蛇神の神社が見られないんですよ。ちょうど、樫と梓が文化圏の境界線になりますね」

「興味深いですね。――色々、お話を聞かせていただいてありがとうございました」

幸白が一礼すると、神主は「いえいえ、またいつでもどうぞ」と朗らかに笑っていた。

市女笠をかぶり直して、山道を下りながらふと後ろを向く。

鳥居は神々しく佇み、こちらを見下ろしている。

幸白はあまり信心深くなかった。神話も、話半分にしか信じていない。あの勾玉が存在する以上、全くの嘘というわけではないのだろうけれども。

小さいころ、神社に参拝できないから自分の部屋でよく祈ったものだった。

――どうか、僕の見た目を普通にしてください。

何度も何度も、祈って、願った。でも、奇跡が起こったことなんてない。

神様なんてきっと、いないのだろう。いても、ろくに力を貸してくれないのだろう、とそのときに諦めてしまった。

視線を前に戻して、幸白は急峻な山道を慎重に下っていく。

(欲しい情報は得られた。桜の勾玉を持っている紗月は、樫の国の双子姫に違いない)

樫の国に婿入りする幸白の暗殺に送り込まれた暗殺者が、樫の国の姫だとは――。

奇妙な運命にすぎる、と幸白は息をついた。

紗月は丸二日かけて、ようやく落花流水の本拠地にたどり着いた。

落花流水のある山には、幾重にも罠が張り巡らされている。また、この罠は定期的に位置が変わる。紗月は現在の罠の位置を把握していたため、罠を踏まないように気をつけて進んでいった。

ようやく、山のなかにぽつんと建つ広大な家屋を見つける。

ここに見張りはいない。罠に自信があるからだ。

紗月はそのことに感謝しながら、裏庭に回った。

裏庭の大きな岩に隠れて、裏庭に面する廊下をうかがう。

紗月の指令内容を知っているのは、幹部と虚空だけだ。虚空はとてもではないが、襲えない。技量が違いすぎる。

だが、一線を退いて長い幹部なら、紗月にも勝機がある。幹部でも、自堕落な生活をして身体能力が落ちている男がふたりほどいる。ひとりは肥え太り、もうひとりは酒に溺れて朝から酔っている。そのふたりの一方を、狙うつもりだった。幹部は老いても衰えても、元暗殺者だという自負があるため、護衛をつけて歩かない。

　しばらく、幹部が通りかかるのを待った。

焦れはじめたとき、ようやく幹部のひとり――五十を過ぎた男が廊下を歩いてきた。彼にはとても勝てないので、紗月は諦めて気配を殺す。

　幹部専用の酒蔵へと続く渡り廊下なので、あのふたりも必ず通るはずなのだが――。特に酔っ払っているほうは、必ず来るはずだ。

　使用人が慌ただしく、廊下を走っていく。

（もしかすると、酒を運ぶのは使用人任せにしているのか）

　諦めかけたとき、でっぷりと太った男が通りかかった。同行者はおらず、彼には全く警戒した様子もない。

　紗月は短刀を片手に飛び出し、背後から幹部に飛びかかった。

　押さえつけ、短刀を首に突きつける。

「誰かを呼んだら殺す。……教えろ。梓の幸白暗殺を命じた者は誰だ？」

　声を押し殺し、問い詰める。

　幹部は渋っていたが、紗月が短刀を首に食い込ませると、ようやく口を開いた。

「幸白の兄だ」

「兄？　どちらの兄だ。幸白には、ふたりの兄――長兄と次兄がいるだろう？」

　確認したかったが、遠くに足音を聞いて紗月は慌てて幹部の首に手刀を打ち、昏倒させた。

急いで裏庭を駆けて、罠だらけの森を走っていく。

（どちらの兄か、わからなかった。まあいい。幸白になら、わかるだろう）

それにしても、身内の仕業とは。あのひょうひょうとした幸白もさすがに、衝撃を受けてしまうだろう。

考えると胸が痛んだが、紗月はその痛みを振り払うかのように速度を上げた。

このあと、あの幹部は大騒ぎするだろう。紗月の仕業であることは、すぐに明らかになる。そして即座に、虚空に知らされるだろう。

弟子の不始末は、師匠が責任を持って後処理をするのが、落花流水のならい。

虚空直々に、紗月に手を下しにくるはずだ。

紗月が出発する前、虚空は任務のために出ていった。任務を終えて戻ってくるまで、もう少しかかるだろう。

虚空は、紗月を愚直に追ってこない。

幸白の依頼人を聞き出したことから、紗月が幸白についたことは虚空にはすぐわかってしまう。

梓の城に帰ることは見透かされ、虚空は最短の道を通って梓の城に来るだろう。

（急いで幸白を梓の城に送り届けて、兄のどちらかに依頼取り消しの手紙を送らせない

と）

虚空が今、落花流水にいないことだけが救いだ。紗月は、間に合うだろうか。

後ろから足音が聞こえた気がして、思わず振り返ったが、誰もいなかった。

第四章 ✤真実発覚✤

紗月はまた二日かけて幸白が待っている村に戻り、あの家の扉を叩いた。

夕焼け空を仰ぎながら待っていると、幸白が出てきた。

「やあ、紗月。無事に帰ってきてよかった」

心から嬉しそうな笑顔で歓迎されて、紗月は戸惑い、わざとぶっきらぼうに応じる。

「ああ。家人はどうした？」

「家のひとは、みんな農作業に出ているんだよ。あがって」

幸白に促されて、紗月は家のなかに入った。幸白の滞在している客間に通される。

「座ってて。水でも持ってくる」

すぐに幸白はふたり分の湯飲みを盆に載せて、戻ってきた。

幸白が座り、ふたりは正座で向き合う形になる。

紗月は喉が渇いていたので、差し出された水をすぐに飲み干してしまった。

「僕の分も飲んでもいいよ」

「ありがたい」

素直に、幸白の分も飲んでしまう。一息ついたところで、紗月はあたりを見回してから幸白を見すえた。家人がいないのなら、他人の耳を気にする必要もない。

「単刀直入に言う。依頼人は、あんたの兄貴だ。幹部から聞き出した。間違いないだろう」

「……兄？　どちらの」

「残念ながら、それは聞き出せなかった。見当はつくか？」

紗月の質問に、幸白は答えずにうつむいていた。相当、衝撃を受けているのだろう。

（仕方ないよな。家族は優しくしてくれたって言ってたのに、その家族が暗殺の依頼人だなんて）

紗月がため息をついたとき、幸白が口を開いた。

「少し、考えさせて。それより、僕のほうでも収穫があった」

「収穫？」

「君の素性だよ。実は、君が持っていた形見の勾玉は特殊な勾玉でね。紗月。君はおそらく、樫の国の国主の血を引いている。勾玉に我が身に入れ、と命じてごらん」

幸白に説明され、勾玉を渡された。

紗月は疑いながらも桜の勾玉を持って、我が身に入れ、と念じる。すると勾玉はかき消えた。

「なっ……」

ない。

思わず、腰を抜かすところだった。なぜ、自分がこんなことをできるのか、皆目わから

「同じ要領で、外に出でよと命じてごらん」

幸白に促され、震える手で言うとおりにすると勾玉が現れた。以前、幸白が紗月にやってみせたのと同じだ。

「この勾玉は国主の血を引く者なら、自由に体内に出し入れできると聞いたことがあったんだ。僕が特殊な能力を持っていたわけじゃない。この勾玉が特別で、国主の血統——神の血に反応するんだよ。桜の勾玉は国主の家に伝えられている、家宝だ。この近くにあった神社の神主に、念のため尋ねて確かめてきた。滅びた国の勾玉は消えてしまうらしい。つまり、君が亡国の姫という線はない」

「姫……？」

自分とは無縁な二文字に、紗月はひたすら困惑した。

幸白は一呼吸置いて、説明を続けた。

「樫の国では、双子が忌まれる。君はおそらく双子で生まれ、君の育ての親に預けられたのだろう。陽菜姫が双子だったのでは、といううわさを君も聞いたよね」

「ああ……。あの、行方不明だってうわさされている双子の片割れが——まさか、私だっていうのか!?　私は……あまり覚えていないが、そんな生まれじゃない。農家で生まれ育

ったのは、たしかだ」

ほとんど忘れてしまったが、村に住んでいたこと、両親のおぼろげな輪郭などは頭にある。

「だからさっき言ったように、育ての親と実の親が違うとしか考えられないんだよ。ありえないことじゃないよ。何かの縁で、知り合いの農家に君を預けたんだと思う。それに、うわさでは、とある『村』が滅びたから――って言っていただろう?」

「…………」

紗月は絶句して、勾玉を見下ろした。

たしかに、辻褄は合う。

「勾玉が反応したんだから、間違いないよ。その勾玉を持って、樫の国の城に行ってごらん。きっと迎え入れてくれるよ。樫の国主様は君をずっと捜していたらしいから。ここからなら、梓の城より樫の城のほうが近いから、そちらに行ったほうがいい」

いきなり勧められて、紗月は反応できなかった。

「僕は母国に一旦帰る。君は、もう付き合わなくていい。僕が母国に帰ったら、『命を狙ってきた暗殺者を利用してから殺した』といううわさを流すから、落花流水も君を追わないだろう」

紗月が黙り込んでいる間も幸白は冷静に説明を続け、次の瞬間、申し訳なさそうに顔を歪めた。

「君が暗殺者だったとはいえ――今まで形見を盾に言うことを聞かせて、すまなかった」

幸白に深々と頭を下げて謝罪されたが、紗月は戸惑いのあまり言葉が出てこなかった。

幸白に、真新しい紐を渡される。勾玉に使えということなのだと悟り、紗月は機械的に勾玉に紐を通して、首からかけた。

(私が、国主の血を引いている？　陽菜姫の姉妹？　双子？)

混乱して、どうしていいかわからない。

「紗月？」

いぶかしげに幸白に問われ、紗月はわめいた。

「わ、私のお父さんはお父さんで、お母さんはお母さんだ。……知らない。国主の娘だなんて、知らない」

どうしてか、涙があふれそうになる。幸白は紗月に近づいて、優しく頭を撫でてくれた。

戸惑いとわけのわからない哀しさが、恥ずかしさを凌駕する。

「いきなり明らかになって、戸惑う気持ちはわかるよ。君は育ての親を本当の親だと信じてきた。これからも、そう思いたいんだよね。でも、その勾玉を持っている以上、君が国主と無関係ではありえない。樫の国の城に行くんだ」

そこで、紗月は気づいてしまった。幸白が勾玉を返したのは、自分が安全だと確信できたからだろうと。

紗月は依頼主を突き止めるために落花流水の幹部を脅して聞き出してしまった。いつかは露見する。紗月は落花流水を裏切った。そうなった以上、幸白を殺す理由がない。

「……優しい顔して、とんだタマだな。あんたは安全になった」

もちろん、紗月にとっては特に何も変わらない。協力すると決めた時点で、紗月は落花流水の手により死ぬ運命だ。変わるのは、幸白の心構えだけ。

だが、騙し続けると決めた以上は騙し続ける。

「言ったはずだよ。僕は死ぬわけにはいかない、って。そのためなら、なんでもするさ。それとも、あのとき死にたかった？　僕としても、君の寿命は延ばしたつもりだけど。樫の国の城に保護されれば、落花流水でも手は出せないだろう」

「…………」

紗月は答えず、苦笑を殺す。

たしかに、普通の暗殺者なら国主の城に侵入し誰かを殺めることは難しいだろう。だが、紗月を狙ってくるのは虚空だ。彼にかかれば、安全な場所などないに等しい。

幸白は賢しいが、落花流水の力量を見誤っている。これが幸白が紗月の真意を見抜けない一因となっている。

紗月が死ぬ運命は確定している。もう、変えられない。本来、暗殺が失敗したときに死ぬ運命だったのだから。

(師匠が追いつくまで、どのぐらい時間があるだろうか。最後まで、無事に幸白を送り届けたい)

誰かを殺す剣ではなく、誰かを守る剣となって死ぬ。それが紗月の、最後の——精一杯できる、運命に対する抵抗だった。

紗月は表情を引き締め、「もう少し、あんたに付き合う」と幸白に伝えた。幸白の目が驚きに見開かれる。

自分の意志で「こうしたい」と思うことは、久しぶりだった。

(落花流水に入ってからは、自由意志なんて持てなくて、それに慣れていたのに)

紗月は自分の心境に戸惑い、改めて返された勾玉を見つめた。形見だからと大事に懐に抱いて、誰にも見せないようにしていたが、それが正解だったのだろう。落花流水の幹部に知られていたら、どう利用されたかわからない。

「本当に、ついてくるの？　君にとって、得なことはないと思うけど」

幸白に怪訝そうに確かめられて、紗月はゆっくりとうなずく。

「ああ。私は、あんたの護衛になってやる。あんたもそこそこ腕が立つようだが、ひとりじゃ危険だろ。前みたいに複数の野盗に襲われたら、厄介だぞ」

「それは、そうだと思うけど。どういう心境なんだい？」

「さあ。まあ……身元を突き止めてくれた礼とでも、思ってくれ」

　幸白を守りたいと思った理由なんて、自分でもわからないから説明できない。だから、適当なことを口にして煙に巻いてみる。

　そのとき、家に物音が響いた。家人たちが帰ってきたらしい。

「とりあえず、この家のひとたちに、君が帰ってきたと報告しにいこうか」

　幸白が立ち上がり、紗月も腰を上げた。


　家のひとたちは帰ってきた紗月を歓迎してくれて、少し豪華な夕食となった。

　幸白の滞在していた部屋に布団が二組敷かれていて、風呂あがりの紗月は少しためらいながらも、部屋のなかに入った。

　幸白は気にした様子もなく、荷物を整理している。

「幸白。風呂、次に入ったらどうかって……」

「ああ、うん。どうかした？」

　紗月の様子がおかしいと思ったのか、幸白が首を傾げる。

「いや、別に」

　とぼけてみせたのに、幸白は見透かしたように薄く微笑んだ。

「ああ、もしかして同じ部屋に布団が敷かれているから、気になる？」

「別に……一緒に野宿とか、したし。他の護衛とも雑魚寝したし」

慌てて言いつくろったが、幸白は全てわかっているかのように立ち上がって肩をすくめていた。

「悪いけど、我慢してよ。僕らは兄弟ということになっているし、今から君が実は女の子でしたって明かして別の部屋を用意してもらうのも、心苦しい。誓って襲ったりしないし、正直おそらく君のほうが強いと思うけど、心配なら布団と布団の合間に刀を置いておくといい」

幸白は紗月の肩を叩き、着替えを持って退室してしまった。

（今更、気にする私がおかしいんだよな）

紗月は布団に座りながら、置いてあった打刀と脇差を持つ。

布団と布団の合間に置くと幸白を信頼していない証になりそうだったので、迷った結果、紗月の布団の右側——窓側に刀を置いておいた。短刀は、いざというときのために、懐にしまっておく。

（でも、本当にどうして気にするんだろ。男だらけの護衛たちと雑魚寝しても、平気だったのに）

そこまで考えたところで、思い至る。彼らは紗月を女だと知らなかった。しかし、幸白は知っている。きっと、その違いだろうと。

布団に入りかけたところで、幸白が戻ってきた。いつも結われている長い白髪がほどかれて少し濡れていて、どことなく色気がある。

白い髪は白雪のようで、きれいなものだとぼんやり思う。

幸白は肩にかけていた厚手の布で、髪の水気を拭っていた。

（あれだけ長いと、手入れが大変そうだな）

ふと、紗月は自分の髪を意識する。紗月はいつも、肩を少し過ぎたところまでしか、伸ばさない。女性だとこの長さは不自然なのだが、男性のふりをしていれば問題ない。男性でも、国主の家、武家、公家などの上流階級では背中の真ん中あたりまでは伸ばすのが通例だ、と虚空が教えてくれた。

そんな虚空も、背中の真ん中あたりまで伸ばしていた。彼は上流階級に扮することもあるからだろう。

もしかすると、紗月が幸白の暗殺に成功していたら、これからは髪を伸ばせとでも言われたのだろうか……と、ふと考えてみる。

次いで、彼の目を見やる。宝石みたいにきれいな、赤い目。

「紗月。どうかした？」

声をかけられてハッとして、紗月は首を振る。

「いや、少し考えごと……」

　紗月は幸白の下ろされた髪を見て、ふと疑問を抱いた。

「なあ、幸白。変なこと聞いてもいいか？　いや、変というか失礼なことかも……」

「別にいいよ。どうぞ」

　促されたので、紗月は思いきって口を開いた。

「忌み子って、どういう気分なんだ？」

　明らかに空気が凍りついて、紗月は慌てる。

「あの、すまない。でも、あんたの話だと私は双子っていう、忌み子かもしれないんだろう？　それで、その……」

「ああ、そういうこと。君は、神様を信じていないって言っていたけど、神社に行ったことはあるよね？」

「え？　ああ、村にいたときに行ったはず……。あんまり覚えていないんだけどな」

「僕は、先日ここに来て、初めて神社に行ったんだ。神主に話を聞くためにね。それまで、神社に参ったことはない。父に頼んだけど、だめだって言われた」

「…………」

「あと、僕は戦には出してもらえなかった。味方の士気に影響するからだよ。忌み子っていうのは、そういうこと。わかる？」

　確認されて、紗月はぎこちなくうなずいた。

幸白は何も言わずに一旦、部屋から出ていってしまった。紗月が心配する間もなくすぐ、戻ってきたが。髪を拭いた布を、洗濯場に置いてきたのだろう。

「私の村に、双子はいなかったはずなんだ。よく、覚えてないけど」

布団に入る幸白に声をかけると、彼は紗月を見上げてきた。彼の目に軽蔑の色がなくて、ホッとする。

「いたかもしれないよ？　でも、いなかったことにされたかも。いたら不吉なんだから、最初からいなかったことにされる。僕も、母親が僕を大切にしてやってくれと言い残してくれたから、生かされたようなものだ」

「そう……か」

「さっきから、よく『覚えていない』って付け加えるよね。どういうこと？」

幸白に指摘されて、紗月は「落花流水に来るまでの記憶が、ぼんやりしているんだ」と明かした。

「ふうん。心の防衛本能ってやつかな」

幸白のつぶやきに、紗月は眉をひそめる。

「どういう意味だ？」

「心が心を守るために、無意識の動きをすることがあるんだよ。君の場合は、落花流水での日々が辛いものだったから、幸せだった日々の記憶を曖昧にすることによって、心を守ろうとしたんじゃないかな。村での記憶が幸せであれば幸せであったほど、辛いだろうからね。失ってしまったのだし」

「……そんなことが、あるのか」

「多分だけどね。さあ、もう寝るよ。明日、ここを発つんだから。君は本拠地と往復して疲れているだろうから、特にしっかり眠っておきなよ」

幸白に促されて、紗月も布団に入る。疲れていたからか、眠気はすぐにやってきた。

ひとりで、紗月は大地に立っていた。周りは燃えている。血の臭いが、鼻にまとわりつく。

「お父さん、お母さん！」

両親を呼んで、泣いても、誰も来てくれない。

足音がして顔を上げると、そこには虚空が立っていた。彼は、黙って手を差し出す。

紗月はその手を取る。

すると一瞬で視界が変わって、今度は落花流水の訓練場に立っていた。

友達だと思っていた子が、次々といなくなる。「生きる価値なし」と処分されていく。

「お前も、生きる価値がない。とうとう、お前は暗殺者になれなかった」

虚空の声が、空から響く。紗月はうめいて、叫んだ。

もう、早く、殺して。


何度か寝返りを打ったが、寝つけない。観念して、幸白は起き上がった。

ため息をついて、隣の布団を見やる。疲れているのか、ぐっすりと眠っていた。

(落花流水がどこにあるのか知らないけど、遠かったんだろうな)

想像して、胸に痛みが走る。

自分は、紗月に組織を裏切らせた。もちろん、協力してもらった以上、できる限りの力で守るつもりだ。それに、紗月を裏切らせないままだと彼女を殺すしかなかった。

それでも、罪悪感に心が疼くのは、旅を通して彼女の性根が驚くほどまっすぐだと知ったからだろうか。

「ごめんね……」

色んな思いをこめてささやいて、紗月の髪を撫でる。

しかし、どうして彼女は梓まで付き合う心境になったのだろう。このまま樫の城に行き、保護してもらうのが安全だというのに。

たしかに、ひとりよりは心強いが……。

紗月は、何かを隠しているのではないだろうか。

不審に思ったところで、紗月がうめいた。

慌てて手を放そうとしたところで、腕を引かれる。

「お父さん……お母さん……行かないで」

「……………？」

幸白は動きを止めて、彼女を見下ろす。彼女の頬には、涙が伝っていた。

「紗月。大丈夫？」

ささやき、体を近づけたところで、抱きつかれた。

さすがに慌てて引きはがそうとしたが紗月は「どこにも行かないで……」と、かそけき声で訴える。

困惑しながらも、幸白は彼女の背を撫でた。紗月は幸白にしがみつくようにして、そのままの姿勢で眠り続けている。

（嫌な夢でも見ているんだろうな）

気の毒で、また、彼女があまりにも不安そうに見えて、幸白はそのままの姿勢で横たわった。

紗月が落ち着いたところで腕をほどくつもりだったのに、ようやく来た睡魔にあらがえず、幸白はそのまま眠ってしまった。

ハッとして目を開く。汗みずくになっていて、不快さを覚える前に──なぜか幸白の顔が目の前にあったので、思い切り突き飛ばす。

「……痛い」

起きた幸白は紗月の顔を見て、眉を寄せた。

「ご、ごめん。でも、なんであんなに近かったんだ？」

「誓って言うけど、僕からじゃないからね。昨夜、君が僕に抱きついてきたんだよ。悪夢を見ていたのか苦しそうだったし、離れないから……しばらくそのままの姿勢でいたら、僕も眠ってしまって」

幸白はあくびを嚙み殺していた。

「よほど辛い夢だったんだね」

「……ああ、多分」

紗月は、夢の内容を思い出そうとした。だが、ハッキリとは思い出せない。虚空が出てきた気がする。

（虚空への恐れが、夢に出たか）

紗月が肩で息をしていると、幸白は立ち上がり、紗月の肩に手を置いた。

「先に僕が廊下で待ってるから、その間に着替えなよ」

彼が行ってしまったあと、紗月はのろのろと動き出した。長く眠ったはずなのに、ひどく頭が重い。

ぼんやりしながら寝間着から着物に着替えているうちに、思い出してしまった。

――君が僕に抱きついてきたんだよ。

頰が熱くなって、「うわあああ!」と羞恥のあまり、叫びそうになる。

なんたる失態、と悔やみながら、紗月は柱に額を打ちつけて、なんとか平静さを取り戻した。

朝ごはんを食べたあと、紗月と幸白は家人に世話になった礼と別れを告げて、村を出た。今朝出発することは昨夜のうちに告げていたからか、朝食はいつもよりおかずが一品多かった。

紗月の先導で、西――梓の国へと進路を取る。

虚空がいつ落花流水に帰ってくるか、わからない。彼に追いつかれないよう、できるだけ急がなくてはならなかった。

「馬を買う金はあるか?」

「いや。いくらか路銀は持ち出してきたけど、さすがに馬は買えないよ」

紗月の問いに、幸白は首を横に振る。

「わかった。では、山道を行く」

ここから梓へと続く道で紗月の知る最短の道は、山を越え、道なき道をいく過酷な道のりだ。幸白も鍛錬で鍛えているようだし、耐えられるだろう。

また、目立つのを避けるため、人里に寄るのは最低限という道程にした。更に梓に入ると、人里ではとても宿泊できない。幸白が「僕がいたら、どの旅籠も泊めてくれないよ」と言っていた。

花婿行列のときは、幸白が国主の息子だと事前に旅籠に伝えてあったから、滞りなく泊まれただけだという。

幸白はなんでもないことのように言っていたが、紗月の心はじくじくと痛んだ。

「あんたに兄はふたりいるが、どっちが依頼人だと思う？」

歩きながら紗月が幸白に尋ねると、彼はしばらく黙り込んでいた。

「すまない。質問を変えよう。あんたと仲良くなかったのは、どちらだ？　……待てよ。あんたは、幸久という兄とよく話していたと言っていたな。なら、そっちじゃないほう――幸継だ。そうに違いない」

紗月の推理を幸白は否定しなかったが、何も言わずにどこか思い詰めたような表情をしていた。

(家族を疑うのが辛いんだろうな。これ以上の追及は避けよう)

黙り込んで、紗月は歩くことに集中した。

幸い野盗に襲われることもなく、旅は無事に進んで、幸白と紗月は梓の国の城に戻った。

幸白を見るなり、門番の武士たちは仰天していた。

「幸白様、生きていたのですか⁉ そのお連れ様は……」

「護衛のひとりだよ。とにかく、なかに通してもらえるかな。あと僕が帰ったことは、父上以外には絶対に知らせないように」

幸白が静かに、しかし威厳を伴う声で促すと、武士は一礼してふたりを城内に案内してくれた。

「国主様を呼んできます」

客間に案内され、紗月と幸白は並んで正座する。

しばらくして、幸白の父——梓の国主・邦満が入ってきて、幸白に駆け寄り、その手を取った。

「生きていたのか！ よかった……」

邦満は男泣きをして、袖で目元を拭っていた。

「しかし武士や護衛は、お前が自殺したと――」

「あれは偽装です。実は、僕は暗殺者に狙われていたんです。その暗殺者というのが、ここにいる紗月です。僕は彼女を説得し、こちらの味方になってもらいました」

幸白は脅したことは言わずに、簡潔に紗月の立場を説明する。

「暗殺者？　一体、どこの誰が」

「誰が依頼人か、彼女に探ってきてもらいました。……父上。落ち着いて聞いてください。依頼人は、僕の兄だそうです。どちらの兄かは、聞き出せなかったそうですが」

「幸継か幸久が⁉　信じられん！」

邦満はぶるぶると震えて、紗月をにらみつけた。

「そもそも、暗殺者にこうして無防備な姿をさらしていていいのか？」

「紗月は、僕らの味方です」

「どうだか。おい！　誰かある！　縄を持て！」

幸白の言葉を聞き流し、邦満は声を張り上げた。廊下で待っていたらしい武士が、障子越しに「すぐに、お持ちいたします」と告げる。

五分も経たないうちに武士がふたり「失礼します」と頭を下げながら入ってきて、邦満の指示どおりに紗月を縛りあげた。

紗月は敢えて、抵抗しなかった。ここで暴れても、何もならない。それより、一刻も早く幸白暗殺命令を依頼人に取り消させることが先決だった。

幸白暗殺の命は、まだ生きている。幸白が生きていることを知り、紗月が失敗したと判断したら、落花流水が動いてしまう。

「紗月……」

「いいから。早く、あんたの親父に話を通すんだ」

気遣わしげに幸白から声をかけられたが、紗月はわざと乱暴な口調で言い放ち、うつむいた。

「幸白。本当に、この女の言っていることを信じるのか?」

「はい。彼女は暗殺者集団・落花流水に属していました。落花流水といえば、このあたりでは有名でしょう。それに、彼女は光道斎の短刀を持っていました。これです」

幸白は懐から例の短刀を取り出し、畳の上に置いて、邦満のほうに短刀を押しやった。

邦満は短刀を取り、抜刀してしげしげと刀身を眺め、控えていた武士にそれを渡して柄を外させる。武士は柄を外した短刀を、邦満に恭しく渡していた。

茎に刻まれた銘を見て、邦満は感嘆の息をつく。

「……この銘は、正に光道斎の刀。樫の国でしか――それも、上流階級の一部にしか手に入らない代物。くもりなき輝く刀身からしても、かなりの逸品だな。贋作ではありえない。落花流水なら、樫の国の後ろ暗い連中ともつながっているだろうから、手に入れられる」

邦満は興奮気味に語ったあと、眉をひそめた。

「しかし、わざわざどうしてこんな貴重な刀を暗殺に使うのだ？」

「おそらく、樫の国の仕業と見せかけるためでしょう。僕が花婿行列の途中で、樫の国でしか手に入らない光道斎の短刀で殺されたら、みんな樫の国が手を下したと思う。和平交渉は決裂し、また戦争になるでしょう」

「それは、そうだな。それを望む人物が――お前の兄のどちらかだと、いうのか」

「残念ながら、そのようです」

幸白が手をついて頭を下げると、邦満は部屋の片隅に控えていた武士ふたりを呼びつけて「幸継と幸久の部屋をあらためろ」と告げた。

しばらくそのまま待機していると、武士がひとり、駆け込んできた。

「恐れながら、申し上げます！　お二方の部屋をあらためたところ、暗殺受託の手紙が発見されました」

彼は深々と頭を垂れて報告し、手紙と思われる白い紙を差し出した。

邦満は手紙を見て、うめいていた。

「どちらだ」

邦満の端的な問いに、武士は震える声で「幸継様です」と答えた。

（やっぱり！）

紗月は思わず幸白に顔を向けたが、彼は苦々しい表情で口元を引き結んでいた。

（長兄とは交流が少なかったようだが、それでも兄弟だもんな。辛いよな）

幸白の心中を察し、紗月は押し黙った。

「今すぐ、幸継をここに連れてこい。刀は取り上げろ。そして、五人ほど武士をこの部屋に」

「はっ！」

国主の冷徹とも言える指示に武士は一礼し、去っていった。

ほどなくして、幸継が武士に連れられてやってくる。

なんの用件かわからないのか、幸継は眉をひそめていたが、幸白の姿を見てわずかに表情を動かしていた。弟がここにいることに驚いたようだ。

「幸継、ここに座れ」

邦満の指示で、幸継は邦満の前に座る。幸白と紗月は、彼から距離を取って、部屋の壁際に移動した。

幸継の三方を武士が取り囲み、残りのふたりは邦満の横で待機する。

「落花流水に、幸白の暗殺を依頼しただろう。暗殺受託の手紙が出てきた」

邦満が問い詰めるも、幸継は首を横に振る。

「なんのことか、わかりません。そんな手紙、たった今、存在を知ったばかりで……」

「嘘を申すな！　弟を殺す――しかも暗殺者に依頼するなど、卑怯なことを！　それでも梓の跡継ぎか！　強引な手段で聞き出すこともできるぞ。お前が跡継ぎだからといって、わしは加減せんぞ。そも、そんな暗殺を依頼するようなやつに国主の座はやれぬ！」

「父上。私は知りませぬ。何度問われても、たとえ拷問されても、同じ答えを返すでしょう。知らないものは、知りませぬ」

幸継は動じず、頑として応じなかった。

脅しにも屈さないその様を見て、紗月は不審に思う。

（いくら鉄面皮だからって、慌てた様子のひとつも見せないのは妙だ。それに……何か、変だ。私は、何か見落としている？）

戸惑う紗月の横で、幸白が覚悟を決めた表情で告げた。

「もういいです、父上。そんな手紙は残さず燃やすのが普通です。濡れ衣でしょう」

そこで紗月も、ハッとした。そうだ。そんな明らかな証拠を、依頼者が残しておく理由がない。暗殺受託の手紙に、とっておく価値はない。

（でも、長兄じゃないなら――）

「……幸久の兄上を呼んでください」

幸白は惑うことなく、もうひとりの兄を指名した。

次いで、幸久が武士に連れてこられた。

今度は幸継も壁際に寄って、幸久が高座の邦満と向き合う形になる。

「父上、なんですか改まって。部屋もむちゃくちゃにされたし、散々ですよ」

幸久は扇で口元を隠して、声を立てて笑った。

彼は、入ってきたときに幸白を見たはずなのに反応しなかった。まるで、存在していないかのように。

「父上。僕に尋問させてください」

幸白が立ち上がって、刀を抜く。

邦満が了承の印にうなずいてみせると、幸白は幸久の前に立って刀身で彼の頰を撫でた。

「幸白、帰ってきたんだな。死んだって聞いたけど、無事でよかった」

幸久は、優しい笑みを浮かべている。

「白々しいこと、言わないでください。自殺と聞き、話が違うとは思いながらも、僕が死んだと聞いていたので安心していたのでしょう?」

刀の切っ先をずらして、幸久の首に当てる。

「なんの話だよ」

幸久は、あくまで白を切るつもりのようだった。

「落花流水に依頼したのが、兄のどちらかだとは突き止めました。でも、幸継の兄上の部屋で手紙が見つかった時点で、おかしいと思ったんです。そんな不利な証拠を残すほど、馬鹿なひとじゃありませんからね。冤罪です。冤罪をかけられたほうは、無罪に決まってる。そうすると、犯人はもうひとりの兄でしかありえないんですよね」

幸白は辛そうな表情を見せまいと、こらえているかのようだった。

「本当は、疑いたくなかった。だって、僕と一番親しく接してくれたのは、あなただったから」

刀が、幸久の首に食い込んで、血が垂れた。

「幸久の兄上にしては、細工が杜撰だとも思いました。だから、やっぱり逆に幸継の兄上も疑いました。でも、一番大事なことを踏まえて、考え直したんです。僕の暗殺、および幸継の兄上に罪を着せて得をするのはあなたしかいない――と。幸継の兄上は、次の国主です。そんなにややこしいことまでして、あなたに罪を着せる理由がない。それに、次の国主は戦争を起こそうと思ったら父上の死後、起こせる」

幸白は真剣な顔で、顔に笑みを張りつけたままの幸久をにらむ。

「なあ、幸白。落ち着けよ。俺や兄貴じゃないなら、他のやつなんじゃないか？」

「それは、ありえない。命を賭して取ってきてもらった情報だから、依頼人が兄のどちらかだという情報を信じています」

「ずうっと、長いときを過ごしてきた、俺よりも？　おいおい……」

幸久は、幸白に揺さぶりをかけようとしているらしい。だが、幸白は冷静な態度を崩さなかった。

「話をそらさないでください。手紙の細工が杜撰だった理由は、わかるんです。僕が戻ってくるとは思っていなかったから、慌てたんですよね。そして、入室したとき、慌てないようにあなたは冷静な表情を取りつくろった。それは、逆におかしいんですよ。この部屋に来るまで、僕が戻っているなんて、わかっていないのだから。僕は、帰ったときに父以外には知らせるなと口止めしてあったんですよ？」

幸白の推理を聞いて、紗月は（それもそうだ）と納得する。幸久の反応には、たしかに違和感があった。

「実際、幸継の兄上は、驚いていた」

幸白が続けると、幸継が静かにうなずいていた。

（……とすると、幸久は独自の経路で幸白の帰還を知ったのか。城に、幸久の密偵がいるな。幸継の部屋をあらためたときに、手紙を忍ばせたのかもしれない）

紗月が考え込んでいるうちに、また幸白が口を開く。

「本来なら、僕が暗殺されたという知らせがもたらされて、梓が大混乱に陥って——そのときに、仕掛けるつもりだったのでしょう？　ことが起こったら、父上は冷静でない可能性が高い。更に、もっと綿密な計画をもとに、証人も用意して、幸継の兄上の仕業に見せかけるつもりだったはず。でも、僕が自殺という報告を聞いたから、樫の国のせいにできなくて、計画を練り直していたのでしょう」

「…………」

とうとう、幸久が黙り込む。反論が思い浮かばないらしい。図星だったのだろう。

「落花流水に暗殺を依頼したのは、あなたですよね？　尋問の方法は色々知っていますよ、兄上。痛いのが苦手な兄上には、耐えられないでしょうね」

幸白が冷たく告げると、幸久は扇を放り出して叫んだ。

「……ああ、そうだよ！　俺が、依頼してやったんだ！　この、忌み子が！　これで満足か！」

その目は、ぎらぎらとしていて幸白をにらみつけていた。そこには当然、弟への親愛の情などかけらも見受けられない。

幸白は衝撃を受けたように目を見張り、その手が震える。

仲のよい兄弟と聞いていた。幸久は特に優しくしてくれた、と幸白は言っていた。

紗月は幸白の心中を思って、歯を食いしばる。

「樫の国には、あと一押しで勝てると思っていた。だが、父上は和平を進めた。俺は反対したのに、父上は俺の意見なんざ聞いてくれなかった。俺はそれが、気に食わなかった。

だから、戦争を起こそうとしたんだ」

諦めたのか、幸久はとうとうと語った。

「戦にも出たことがないくせに、何を言う！　我が国も樫も、疲弊しておったのだ！　あれ以上戦争を続ければ、第三国にどちらも侵略されていたかもしれんのだぞ！」

邦満が怒鳴ったが、幸久はふてくされた表情のままで、返事もしなかった。

「私に罪を着せたのは、なぜだ」

そこで幸継が立ち上がり、幸久に近づく。

「俺は、兄上に何かあったときの控えでしかなかった。ずっと、腹が立っていたんだ。父上は、跡継ぎの兄上や忌み子の幸白ばかりをかわいがり、俺や幸立は放置していた。いつか見返してやろうと思っていたところに、あの婿入り話だ。ぶち壊してやろうと、思ったんだよ。ついでに、兄上に罪を着せて跡継ぎの座から蹴落とす。そしたら、俺が次の国主だ」

そこで幸白が、弱々しい声で問いかけた。

「兄上は、僕に死んでほしかったのですか」

「……そうだ。お前は、生まれちゃいけない子だった。生まれても、すぐに殺さなくちゃいけない忌み子。なのに、母上の遺言のせいで、お前は生き続けた。それに、父上はお前を兄上以上に溺愛した。嫉妬したんだよ。生まれちゃいけない存在の分際で、父上の愛情を受けるお前が、憎かった。その上、お前は樫の国に望まれて国主になる。一生、兄上の控えでしかない俺と違って、他国でも国主になれるお前の境遇が——ひどく、妬ましいと思った」

「そんなに憎んでいたなら、どうして優しくしたんですか。どうして、声をかけたりしたんですか。無視してくれたほうが、ずっとよかった！」

幸久の吐露に、幸白は激情のままに心のうちを吐き出す。

「なぜ、だって？　お前を粗略に扱えば、父上に怒られるからに決まってるだろ。俺は演技は得意なんだ。優しい兄貴のふりは、ずいぶん楽しかったなあ。心の裏では嘲笑っていると知らず、お前は俺を信じて親しみを覚えていた。その様が哀れで滑稽で、少し胸が晴れたんだよ」

微笑みながら放たれる言葉に、幸白だけでなく幸継も、邦満も、そして紗月もたじろいでいた。

(悪意のかたまり、みたいなやつだ……)

愕然として紗月が拳を握ったとき、幸久は幸白をねめつけ、告げた。

「おい、その不吉な赤い目で、俺を見るな！」

あまりにひどい暴言に幸白は蒼白になって凍りつき、刀が動いてしまう。その隙をついて、幸久は袂に隠していた薄い刃を取り出し、幸白に「死ね！」と投げつけた。

(まずい、あの軌道だと幸白の心臓に刺さる！)

紗月は縛られていた上に離れていたので、とても間に合わないと思いながらも、立ち上がって駆け出そうとする。

しかし、意外な人物が動いた。——幸継だ。

幸継が幸白を突き飛ばしたおかげで、刃は幸白に届くことはなく、幸継の肩をかすめて畳に刺さる。

(長兄が、かばった……？　仲がいいとは言っていなかったのに)

突き飛ばされた幸白は床に倒れ込んだが、すぐに身を起こす。

幸継は動じることなく泰然と幸久と対峙し、声を張り上げた。

「いい加減にしろ！　これ以上、幸白を傷つけるな！」

場は騒然とし、「早く、幸久を引っ捕らえよ！　幸継に、急いで手当てを！」と邦満が叫ぶ。

幸白は痛みに肩を押さえる幸継を見て、目を潤ませた。

「どうして、かばったのですか……」

幸継は「かすっただけだ。案ずるな」と首を振った。

「幸白、幸久は危険だ。自室に戻っておれ！」

邦満に命じられたが、幸白はすぐに動けないようで、そのまま座り込んでいた。

「縄を解いてください。私が、幸白様を部屋に送ります」

紗月が武士に訴えると、彼はちらりと邦満を見た。

「……いいだろう。その少女は先ほど、幸白を救おうとしていた。幸白の味方であることは、間違いない」

邦満の許可を得て、武士は脇差を抜いて、紗月の縄を切ってくれた。

「あと――幸継様の部屋をあらためたときに、幸久様とつながっている武士が手紙を忍ばせたのだと思います。その武士も捕らえたほうが」

「わかった。――おい！　幸継の部屋をあらためた者たちを呼び出せ！」

解放された紗月が助言すると、邦満は重々しくうなずいて、すぐに武士に指示を飛ばしていた。

紗月は幸白に駆け寄って、強引に彼を立たせた。

「行こう、幸白」

抜け殻のようになった幸白の手を引いて、紗月はその部屋をあとにした。

通りすがりの使用人に声をかけて、幸白の部屋まで案内してもらう。使用人は、なぜ幸白がいるのに彼の部屋に案内しないといけないのだろう、と疑問に思っているようで、前を行きながらちらちらと振り返ってきた。

幸白の部屋に着いて、使用人が「私はここで失礼いたします」と告げて、廊下を歩いていく。

部屋の主の代わりに紗月が襖を開いて、幸白に入るように親指で示す。

「…………」

先ほどから、幸白は何も言わない。

彼が物の少ない部屋の真ん中で正座したところで、紗月は何か声をかけようとしたが

——言葉が出てこず、唇を噛む。

「紗月。ごめん。悪いけど、ひとりにしてくれないか」

そんなことを頼まれては、紗月はうなずくしかなかった。

廊下を歩いて、先ほど国主と対面した部屋に戻る。

そこには、国主の邦満と幸継が座って、話し込んでいた。

幸継は、新しい着物に着替えていた。どうやら、手当ても済んだようだ。

「おお、君か。ちょうどよかった。君の名前は、なんだったかな」

邦満に問われ、「紗月です」と名乗った。

「聞きたいことがある。落花流水の暗殺を取り消すには、どうすればいい？」

「簡単です。依頼者が手紙を書いて、落花流水に送ればいい」

邦満の質問に答えたあとで、紗月は自分が言葉足らずだったと思い至る。

「すみません。手紙は、城下町にある手紙屋に渡せば大丈夫です。経路は明かせませんが、落花流水宛てのものは、必ず届きます」

手紙屋は、大きな町になら必ずひとつはあり、文字どおり手紙を運ぶ商売を営む。本当は、落花流水に届くまでに「連絡役」という、落花流水から金を受け取っている者——彼らは定期的に替わる——の手を経て、山から下りてくる落花流水の者の手に渡る。しかし、その複雑な経路まで彼らに明かす必要はないだろう。

「わかった。幸久に、手紙を書かせよう。君も、同行してくれるか」

邦満に請われて紗月はたじろいだが、断る理由も見当たらなかったので、首を縦に振る。

正直、あまり幸久に会いたくはなかった。

どうして、弟にあんなひどい言葉を吐けたのだろう。

何事にも動じないように見えた幸白が抜け殻のようになってしまったことも、衝撃だった。

「ああ、あと助言も助かった。たしかに、幸継の部屋をあらためた武士のなかに、幸久とつながっていた者がおった。そいつも、捕らえておる」

「……お役に立ててよかったです」

邦満に感謝され、紗月は恐縮して一礼する。

「幸継は、しばらく休んでおれ。行くぞ」

部屋にいた武士たちに声をかけ、邦満は部屋を出る。紗月も、武士たちのあとに続いた。

地下牢につながれた幸久は、父の姿を認めて微笑んだ。

「出してくれるの？」

「黙れ、この卑怯者が。お前は、暗殺取り消しの手紙を書くのだ」

「書きたくない、って言ったら？」

「お前の指を一本一本、折っていこうか。それとも、爪をはがしていこうか」

「どっちも、嫌だなあ。痛いのは、嫌いなんだ」

幸久は力なく笑って、格子の間から手を伸ばした。

「わかったよ。書くよ。計画が失敗したんだから、もうどうでもいいし。……ところで、そこにいる君はだあれ？」

紗月に気づいたのか、甘やかな声で幸久は問うてくる。

「落花流水の暗殺者だ。今は幸白の味方をしてくれておる」

「ああ――裏切り者ってわけか。ったく、落花流水が、こんな質の低い暗殺者を抱えていたとはな」

幸久は舌打ちして、紗月をにらみつけてくる。紗月は黙って、視線を受け流した。

「黙れ！　……ほら、さっさと書け」

邦満は格子の間から、白紙と筆と墨の入った壺を差し入れた。

幸久は、床に紙を置いて、さらさらと手紙をしたためる。

「はい、父上」

渡された手紙に目を通してから、邦満は紗月にも確認してくれと頼んできた。

——梓の国主の息子・幸白暗殺の依頼を取り消したい。

そんな文章の横に、幸久の署名が添えられていた。

「問題ないと思います」

「感謝する。では、行くぞ」

紗月の答えを聞いて、邦満は武士たちを促して地下牢から遠ざかっていく。

ふと気になって、紗月は幸久の前に立った。

「……何か用？」

床にしどけなく座っている幸久は、うろんげな目で紗月を見上げてきた。

「——どうして、あんなことが言えたんだ。仮にも、弟なのに」

「幸白のこと？　どうしてもこうしても、ないんだけど。俺はずっと、あいつのことが嫌いだった」

「なぜ？」

「うるさいなあ。忌み子を嫌うのに、理由なんているのかよ。でも、そうさな……幸白は母を奪っていったんだ。それが憎悪の根源かもな」

「母を、奪った？」

「俺たちの母は、幸白を産んだせいで亡くなったんだ。かなりの難産だったみたいでね。幸白が生まれてすぐ、息を引き取った。あいつが忌み子である証拠だろ」

「幸白のせいじゃないだろ」

紗月が幸白をかばうと、幸久はじろりとにらんできた。

「お前こそ、どうして幸白をかばうんだ。落花流水の暗殺者ってことは、幸白を殺すために送り込まれたんだろ？　それで寝返ったわけだ」

「…………」

紗月が何も答えないでいると、幸久はにやにやと笑った。

「あいつに惚れたのか？」

「黙れ。そういう事情ではない」

紗月が強い語調で答えると、幸久はからからと声を立てて笑った。

「まあ、いいけどさ。でも、俺も不幸だよ。お前が寝返ったせいで、俺の計画が台無しになったわけだから。落花流水なら、もっといい暗殺者を寄越してくれると思っていたんだがな」

幸久は反省した様子もなく横臥の姿勢を取って、いきなり咳き込んだ。地下牢の湿っぽい空気が合わないのだろうか。

咳がやんだあと、猫撫で声で、幸久が紗月を呼ぶ。

「……君さあ。落花流水は、暗殺に失敗したら自殺する決まりだろ？　寝返ったのなら、暗殺失敗したのは確実だよな。どうして君はまだ、生きているんだ？」

「う、うるさい。黙れ！」

「黙らない。落ちこぼれの暗殺者さん。早く死ねよ。生きる価値のない、落花流水の恥め」

紗月は言い返す言葉が思いつかずに牢から離れて、地上に続く階段へと走った。

後ろでは、幸久の笑い声が響いていた。

廊下に出ると、待っていたらしい武士が「国主様が返すようにと」と告げて、紗月の武器を返してくれた。

歩きながら、打刀と脇差を腰に帯び、短刀は懐に入れた。

紗月は幸白の部屋に戻った。襖越しに、声をかけてみる。

「幸白、私だ。入ってもいいか？」

「……いいよ」

応えがあったので、紗月はそっと襖を開けて部屋に入る。

幸白は静かに、部屋の真ん中で正座していた。

「国主が幸久に、暗殺取り消しの手紙を書かせていた。すぐに、手紙屋に届けられて落花流水に渡るだろう。だから、安心しろ」

「そう、よかった」

よかったと言いながら、まるで心のこもっていない響きだった。

「紗月、座ったら？」

促されて、紗月は幸白から少し離れたところに座った。

しばらく沈黙（ちんもく）が続いたが、幸白は紗月を見て口を開く。

「君も、気づいたかな。兄上が薄刃（うすば）を投げたときのこと」

「……ああ。かなり正確な狙（ねら）いだった。長兄（ちょうけい）がかばってくれなかったら、お前の胸に刺（さ）さっていただろう」

「そうだよね。僕らは油断していたんだよ。幸久の兄上は武芸が苦手だった。ほとんど稽（けい）古（こ）もしなかったし。だから、武士たちも幸継の兄上を囲んでいたときよりも、気を緩（ゆる）めていた」

「どのぐらいの技量かはあれだけでは測れないが、武芸が苦手なやつができる動きじゃなかった。おそらく、幸久は武芸が苦手なふりをしていたんだ。どこかで、稽古をつけてもらっていたはず」

「僕も同意見だよ。幸久の兄上は、よく城下町に下りていたから、そのときに誰かに習っていたのかもしれないね。幸久の兄上が武芸が苦手なふりをしていた理由は、なんとなくわかるんだ。戦に出たくないからだよ」

「なぜ？」

「戦に出れば、死ぬこともあるからね。幸久の兄上が、いつから野心を抱いていたか、わからない。でも、跡継ぎ——国主になることが最大の目標だったのなら、戦で命を落とすわけにはいかないだろう？」

「なるほどな。それで、わざと武芸は苦手なふりをしつつ隠れて稽古はしていたのか。いざというときのために」

「そういうことだろうね」

幸白はうなずいたあと、「紗月。使用人に言いつけて部屋を用意させるから、君も休みなよ。疲れているだろう」と促してきた。

「え？　あ、うん……」

おそらく、幸白はひとりになりたいのだろう。

幸白は部屋を出て、通りかかった使用人を呼び止めて紗月の部屋を用意するように命じていた。

部屋を用意してもらって、部屋の中央でちょこんと正座したが、どうにも落ち着かない。

（大丈夫かな、幸白――）

平静に見えたが、幸久を追いつめたときの暴言で深く傷ついたはずだ。

そこで、紗月はハッとする。

手紙は、まだ落花流水に届いていないだろう。虚空が追いつくかもしれない。幸白から離れるべきではなかった！

紗月は立ち上がり、駆け出した。

幸白の部屋に、襖越しに声をかける。

「私だ。悪いが、入らせてもらっても？」

「……いいけど」

少し間があってから答えが返ってきたので、紗月はホッとしながら部屋に入った。

幸白は手ぬぐいを手に、紗月を見上げた。その目に涙はなかったが、白目が赤くなっていた。

紗月は敢えて何も聞かず、隣に座る。

「何か、話が？」

「ああ。その――幸久の味方が、まだ城内にいるかもしれないだろ。お前をひとりにしたら、危険だと思って」

「それも、そうかもね……。あー、もう、バレバレだよね。子どもみたいに泣いてしまったよ。格好悪いね」

幸白は苦笑していたが、紗月は笑えず、真面目な顔でうつむく。

どれだけ辛いか、完全に理解することはできない。しかし、察することはできる。

「本当に、いつから、あんなことを……」

幸白は手を震わせ、両手で顔を覆った。紗月は慌てて、彼の背をさする。

「僕は賢しいつもりで、身内の嘘すら見抜けなかった……。こうなったのも、僕のせいかもしれない」

「そんなことはない。幸久のせいじゃないか」

紗月がなだめるも、幸白は首を横に振った。

「兄上は、僕に嫉妬していたと言っていた。僕は見捨てられるのが怖くて、努力していただけなのに！」

取り乱した幸白に戸惑いながらも、紗月は彼の背中を撫でつづける。

幸白は努力せずとも、優秀だったわけではない。家族は優しかったと言っていたけれど、優秀でなければ見捨てられるかもしれないと思って努力したのだろう。その根源にはきっと、かつてねえやに陰口を叩かれて、町の子どもに石を投げられた経験がある。

紗月は、処分されないように必死に訓練についていった落花流水での修業時代の自分と幸白を、思わず重ね合わせた。

「なぜ、こうなるんだ。僕のせいか。やはり、白い子は不吉の証なのか……。赤い目で見るなって怒鳴られたことが、忘れられない……」

幸白は手を放して、拳を握った。彼の不可思議な赤い目から、涙が一筋伝う。

「そんなことはない！　私だって、樫の国では不吉だと言われる双子かもしれないって話じゃないか！　幸白は、私が不吉だと思うのか⁉」

紗月は幸白の胸倉をつかんで、揺さぶって問い詰めた。

「……違う。君は、不吉なんかじゃない」

幸白が否定すると、紗月は深くうなずいた。

「そうだろう？　なら、幸白もそうだ。今回のことは――幸久が、ちょっとその……馬鹿野郎だっただけだよ」

その言いように、幸白は苦笑していた。

紗月は幸白が少し落ち着いたようで、ホッとする。

「それに、長兄は幸白をかばってくれたじゃないか」

幸継について言及すると、幸白は複雑そうな表情になっていた。

「まさか、兄上がかばってくれるなんて思いもしなかった。言葉少なで誤解してたけど、幸継の兄上は本当に優しいひとだったんだ」

幸白の言葉を聞いて、紗月はぼんやりと考えた。

(家族って、なんだかややこしいし難しいな。そういえば、私も……実の家族に対面する日が来るのかな)

幸白の推測では樫の国の国主が、紗月の本当の親だという。

未だに信じられないでいた。

「紗月？　どうかした？」

考え込んでしまっていたらしい。幸白に問われて、ハッとした。

「いや、なんでもない。——なあ、幸白。私は、あんたの守り刀になるよ」

この命は、近いうちに尽きる。ならば、誰かを守る刀として死にたかった。

「どうしてか、なんて自分でもよくわからない。暗殺者の言葉なんて、信じられないかもしれない。でも、私は思ったんだ。幸白を守りたいって」

紗月の決意表明に、幸白は驚いたようだった。

「変な話だね。敵であった君が、自ら僕を守るって言ってくれるなんて。ありがとう、紗月。僕は君を信じるよ」

幸白が白い右手を差し出したので、紗月はその手を両手でぎゅっと握りしめた。

第五章 ✤流血散花✤

幸白が「幸継の兄上のお見舞いに行こうと思う」と、ふいに言ってきたので、紗月はうなずいて彼についていくことにした。

部屋を出て、ふたりは人気のない廊下を歩く。

そんなふたりの前に、突然――男がひとり、立ちはだかった。

「師匠……」

まさしく、紗月の師匠である虚空だった。紗月は、悟る。

虚空は、自分を殺しにきたのだと。

「師匠って――落花流水の!? なぜ、ここに入れた……?」

幸白が青ざめて、こちらを見てきた。国で一番厳重な警備が敷かれた場所に侵入されるとは、思っていなかったのだろう。

「まさか、君はこのことを見越していた……?」

幸白の質問に答える暇はなかった。

虚空が、幸白に向かって白刃を振るってくる。慌てた紗月は抜刀し、その刀を刀で防いだ。

（違う。さっき出したばかりだから、まだ暗殺依頼取り消しの手紙が届いていないんだ。師匠の標的は、幸白だ！　私がしくじったから、尻拭いに来たに違いない）

「……なぜ、かばう？　そいつは標的だ」

虚空が、低い声で問うてくる。普段、感情を見せないひとだというのに、声音に明らかな怒気が滲んでいる。

「依頼は、依頼主により取り消された。先ほど、暗殺依頼取り消しの手紙が書かれて送られたばかりだ」

虚空が、怒っている。その事実だけでも、恐ろしい。土下座して、謝りたくなる。だが、紗月は踏ん張って萎えかける気持ちを奮い立たせた。

一瞬でも気を抜いたら、押し負けそうだった。

「疑うなら、この城の牢獄に行って依頼主・幸久から話を聞くといい！」

紗月が声を張ると、虚空は刀を引いて一歩下がった。

「なるほど、それで依頼主を聞き出したのか。まあいい。それはあとで確かめる。――だが、紗月。お前は組織の命令に背いて動いた。お前は裏切り者だ。始末する」

そう告げて、虚空は紗月に刀を向ける。

幸白も刀を抜いていたが、紗月は素早く釘を刺した。

「下がってろ！　人も呼ぶな。死体が増えるだけだ」

被害は、これ以上増やしたくない。虚空は落花流水でも有数の暗殺者だ。何人来ても、斬り伏せてしまうだろう。

紗月は刀を構えて、虚空をにらみつける。

「なぜ裏切った！　紗月！」

虚空の叫びに、手が震える。

虚空は元来、滅多に怒鳴らない。それで心底、彼が怒っているのだと知る。怒りだけではない。憎しみさえ混じっていた。

舌打ちしながらも、出来が悪い紗月を見捨てなかった。幹部の意見を押さえて、紗月の初仕事を用意してくれた。初仕事を経れば甘さを捨て、優秀な暗殺者になれると、信じてくれていたのだ。

(師匠は、期待してくれていたのに)

「それは、僕が脅したからです。脅して、裏切らせた」

紗月の代わりに幸白が答えると、虚空は無表情でちらりと幸白を横目で見た。

目にもとまらぬ速さで虚空が手を振るうと、クナイが飛んだ。幸白は刀で三本のクナイを弾き飛ばしたものの、一本が幸白の左足の甲に突き刺さった。

床に縫い留められたかのような形になって、幸白はうめいてうずくまる。

「幸白！……師匠。やめてくれ。さっきも言っただろう。依頼は取り消されたんだ」

「邪魔をしないように、一応の措置だ」

簡潔に答えて、虚空は紗月に向き直る。

「師匠、裏切って……ごめん」

心の底からの、謝罪だった。だが、もう戻れない。

「私は多分……適性がなかったんだ。訓練にはついていけたけど、心がついていけていなかったんだ！」

「言い訳はいい。お前にできるのは、私に殺されることだけだ。お前の死をもって、暗殺失敗と裏切り、幹部への傷害罪をあがなうとしよう」

冷静さを取り戻した虚空は刀を振り上げ、思い切り斬りつけてくる。紗月は刀で刀を受け、ときに受け流す。

虚空の太刀筋は知っている。だから、応戦はできる。だが、それだけだ。

腕が疲れはじめる。虚空は淡々と、打ち込んでくる。どこにも隙がない。反撃など、できようはずもなかった。技量が、圧倒的に違う。

（やっぱり、師匠には敵わない……）

徐々に押されはじめて、紗月は諦めかける。

（どうせ、死ぬのは確定してるんだ。私は無駄なことをしているんじゃないか——!?）

そのとき、目の端で幸白がクナイを抜いて立ち上がるのが見えた。

「諦めないで！」

叫ばれ、紗月はハッとする。幸白は、紗月の諦念を悟ったらしい。

（そうだ、今の私には守る相手がいる！）

紗月を始末したあと、虚空が幸白を殺さない保証がない。無駄な殺しはしないと思いたいが——殺さない、という言質を取っていない。

できるだけ、時間を稼がなくてはならない。

紗月の気迫が変わったことに気づいたのか、虚空は眉をひそめる。

「その気迫を——なぜ、今まで、見せなかった？」

「——私は、たしかに刃として育てられた。でも、誰かを守るために強くなれる刃だったんだ！」

紗月の言うことが理解不能だったのか、虚空は返事をせず、激しい攻撃を浴びせてくる。

だが、紗月が予想以上に粘ったことに戸惑ったのか、少しだけ彼の剣戟の速度が下がる。

その一瞬の隙を見つけて幸白が、横から虚空の右腕を刀で斬りつけた。

虚空はうめき、幸白の刀に渾身の剣戟を浴びせ、彼を蹴り飛ばす。幸白は壁にぶつかり、ずるずると座り込んだ。壁に頭をぶつけたのか、気を失っているようで目をつむっていた。

虚空は彼に視線を向け、刀を構え直す。

「師匠！　待ってくれ！　幸白は殺さないでくれ！」

幸白の前に身を挺した紗月は、「言われなくとも」という言葉と共に虚空の刀で胸から腹にかけて斬り裂かれた。

ごふっ、と口から血を吐いて紗月は後ろに倒れる。

「これにて、粛清は為された」

虚空はそう告げて、姿を消した。


頭が、痛い。

ようやっと幸白が目を開けると、もう虚空の姿はなかった。

そして、紗月が血だまりのなかに倒れていた。真っ赤な命の水が、花のように紗月を取り囲んでいる。

幸白は呆然としながらも、紗月に近づく。震えるひとさし指と中指を首に当てて、脈を測る。弱々しいが、まだ脈があった。

急いで、幸白は立ち上がる。

「誰か！　誰か――医者を！」

幸白が走って呼ぶと、使用人が駆けてきた。

「幸白様、お怪我を⁉」

「僕の怪我は大したことはない。それより、ひどい怪我をした少女がいるんだ。すぐに、医師を呼んで。彼女を運ぶんだ！」

指示を出している間に、他にも使用人たちがやってきた。

紗月は使用人が持ってきた担架に乗せられ、医師の部屋に運ばれていった。

誰も入らないようにと言われたので、幸白は自室で待つことにした。

幸白の足の怪我は、医師の助手に手早く処置してもらい、包帯を巻かれた。

あとは医師に託して、祈るしかない。

幸い、梓の医術は進んでいる。梓の城に勤める医師は、遠い異国で医術を学んできた医師から医術の手ほどきを受けたという。

（きっと、紗月は助かる。大丈夫……）

夕方になったころ、使用人の女性がやってきて襖越しに幸白に声をかけた。

「幸白様。お連れ様は、なんとか一命を取り留めたようでございます。まだ意識は戻りませんが、お見舞いに来ても大丈夫だそうです」

その報告を聞いて、安堵で幸白の全身からどっと力が抜けた。

「そうか。よかった……。知らせてくれて、ありがとう」

「いえ。それでは、私はこれで」

使用人が行ってしまったあと、幸白は左足に負担をかけないようにして立ち上がる。左足は、まだずくずくと痛かった。

幸白は紗月の見舞いに訪れた。

そばに控えていた医師が、幸白が入ってきたのを見て「私は、一旦退室しておきます」と断ってから、部屋を出ていく。

幸白は、布団に横たわる紗月の横に座った。彼女は深く眠っていた。

「君は、知っていたんだね。自分が殺されると。城すらも、安全ではないと」

（彼女は、僕が脅したから組織の命令に背くことになった。だから、ああして処刑されかけた。なのに、勾玉を返したあとも僕についてきてくれた。守ると、誓ってくれた……）

文字どおり、紗月は命を賭けて幸白を守ろうとした。

保護すると申し出たけれど、紗月はそれは無駄だとわかっていたのだ。それなのに――。

どんな気持ちで、隣にいたのだろう。

意識を失いかけたときに「幸白は殺さないでくれ！」と紗月が叫んだ声が耳に残っている。

昔はねえやに裏切られ、今は兄に裏切られ、誰かを信じることがいっそう怖くなった幸白だったが、紗月のことだけは信じられる。

幸白は、布団から出ている紗月の手を握った。そう、強く思った。

思わず、紗月の胸が上下していることを確認してしまう。ぞっとするほど、冷たい手だった。

「紗月。ありがとう」

答えなんてあるはずがないと、わかっていたのだけれど。言わずには、いられなかった。

幸白が部屋を出ると、廊下で待っていたらしい使用人から「幸継様がお呼びです」と知らされた。

(そういえば、兄上の見舞いに行く途中だったんだ)

虚空の襲撃があったせいで、すっかり忘れていた。今日は、色々なことがありすぎた。

「兄上、幸白です。お呼びとうかがいました」

幸白は幸継の部屋の前で、襖越しに声をかけると「入ってくれ」と返事があった。

幸白がなかに入ると、幸継は彼の正面に置かれた座布団に座るように促した。

幸白は痛みをこらえながら正座をしてから、手をついて頭を下げた。

「もっと早く、お見舞いに来る予定だったのですが、遅れて申し訳ありません。あのときは、ありがとうございました。兄上がかばってくれなかったら、僕は死んでいました」

真摯に礼を述べると、居心地が悪そうに幸継は頬をかいていた。

「いや――」

「お怪我は、いかがですか」

「大した傷ではない。気にするな。それよりも、彼女は大丈夫なのか」

幸継は首を振り、逆に問うてきた。

「はい。なんとか、一命を取り留めたようです」

「そもそも彼女は、何者だ？」

幸継に疑問を呈され、まだ紗月のことを幸継には話していなかったことを思い出し、襲撃の理由も含め、幸白は簡単に彼女の背景を語った。彼女が樫の姫かもしれないことも含めて。

「本来は、お前を殺す暗殺者が、お前の命を守った……か。しかも、婿入り先の、行方不明になっていた姫だったとは。なんとも、奇妙な話だな」

「はい。本当に、数奇な運命です」

実感をこめて、兄の言葉に同意する。

そこでふと、幸継はまじまじと幸白を見つめてくる。

「こうして、膝をつき合わせて語り合ったことなどなかったな。それが悪かったのかもしれない。幸久は、そこにつけこんだ」

次兄の名前を聞くと、幸白の胸は痛んだ。

「どうして、兄上は僕をかばったのですか？」

「私とて、弟を大事に思う情ぐらいある」

幸白の問いに、幸継は咳払いをして素っ気なく答えた。

幸白は長兄が表情に出さないだけで愛情深いひとなのだと、今更思い知る。

「お前は、これからどうするつもりだ」

「どうするって……また、仕切り直して婿入りします」

なぜそんなことを聞くのだろう、と幸白は眉をひそめる。

幸継はしばしの沈黙のあと、ようやく言葉を紡いだ。

「本当に、それでいいのか。あの少女は、お前にとって特別な存在ではないのか？」

思わず絶句したが、幸白は首を横に振った。

「兄上。この婚姻は、今更ひっくり返せません。それこそ、僕の情で左右できるはずもない。国主の家、武家や公家の結婚とは、そういうものでしょう？」

「ああ。だが、彼女が本当に樫の国の姫なら――可能性が出てくる」

「樫の国主が了承するとは、思えません」

そもそも、ほぼ確実とはいえ、紗月が樫の国の姫だと絶対に確定したわけではない。それに、ずっと行方不明だった娘をすぐ婚姻させるとは思いにくい。

「まあ、そこはお前に任せるが。後悔のない選択をしなさい」

諭され、幸白はゆっくりとうなずいた。

「それと、色々思うことはあるだろうが、樫の国に行ったあとは梓のことは心配せずともいい。梓のために動こうとは思うな」

いきなり幸継が話題を変えてきて、しかも内容がいまいち飲み込めなかったので、幸白は戸惑った。

「どういう意味ですか？」

「お前は頭が回るから、妻や樫の家臣団を出し抜くぐらい、できるだろう。しかし、それはするな。いらない諍いを起こすことになる。お前はあくまで、樫の国主として統治し、樫の国の国民を思え。新しい家族に気に入られるように動き、あちらで居場所を作るんだ。梓の国は、私と父上に任せよ」

驚いたことに、幸継はここで頭を下げた。

「度重なる戦争で、両国は疲弊している。平和の証として、お前の婿入りを必ず成功させてくれ。梓の国・次代国主としての願いだ。よろしく頼む」

「承りました。兄上、梓の国と父上をよろしく頼みます」

胸がいっぱいになり、涙があふれそうになるのをこらえながら、幸白も頭を下げた。

「本当は、先の旅立ち前に言うべきだったのだが……。すまない。機会を逃した――いや、怯えていたんだ。私は口下手だから、万が一にでも、お前を傷つけては怖いと思って。きちんと話すべきだったな」

ぎこちなく幸継に笑いかけられ、幸白も微笑みを返した。

「幸久のことも、そうだ。あいつが、あんな大望を抱いていたなんて……思っていなかった。それに幸白、気づいたか。あの刃を投げるときの、動き」

さすがに、幸継も見抜いていたようだ。

「ええ、もちろん。普段、武芸の稽古を怠っていたら、できる動きではありません。幸久の兄上は、僕らから見えないところで鍛錬をしていたとしか思えない」

「しかし、なぜそんな七面倒くさいことをしたのだろう？」

「戦に出ないため、だと思います。父上が兄上の戦不参加を許していたのは、戦場に出したら足手まといだと思っていたからでしょう？　武芸の稽古もしないし。父上は、半ば諦めていた。だから、幸久の兄上は武芸は苦手で不熱心だという印象を僕らに植えつけた。戦に出たくなかった理由は、国主になるためには死ぬわけにはいかないから――でしょうね」

「……なるほど」

幸継がうなずいたところで、空腹に気づく。色々ありすぎて、昼食を取らず仕舞いだった上に、もう夕食の時間だ。

「では、兄上。そろそろ失礼します」

幸白が左足をかばいながら立つと、幸継はハッとしたようだった。

「そうだ、お前も怪我をしたんだったな。大事ないか」

「はい。クナイで刺されたので、痛いですけどね」

「かすり傷の私より重傷ではないか。血がにじんでいるぞ」

指摘されて、幸白は足下を見る。左足の足袋にまで、うっすら血が染みている。包帯を替えなくてはならないだろう。

「部屋に行って、休め。食事は部屋に運ばせる」

「はい」

幸継の言うとおりにしようと思いながら、幸白は兄の部屋を辞した。

部屋に戻る前に医者のところに寄り、包帯を替えてもらった。

自室に入ると、幸継の手配のおかげで既に食事の載った膳が運び込まれていた。

誰もいないからいいだろう、と思って幸白は左足を立てるような座り方をした。正座だと、どうしても左足の甲が畳に触れて痛いからだ。

箸を進めながら、幸白はぼんやりと考える。

(幸久の兄上が、僕に嫉妬していたなんて)

まだ、どこか信じられない気持ちがある。

幸久は自分が怒られてばかりで、幸白が褒められてばかりでかわいがられていると思って、嫉妬心を募らせていたのだろうか。

だとしたら、お門違いだ。

父は、幸久に期待をかけているから厳しく叱ったのだ。裏を返せば、幸白は父に期待されていなかった。

控えでしかないと嘆いていたけれど、幸白は控えにすらなれない。たとえ幸継や幸久に何かあっても、幸白は梓の国主にはなれない。

幼いころから、ずっといつも不安だった。父や兄に見捨てられないかどうか。よすがは、母の残した遺言だけ。

これだから忌み子は、と言われないように幸白はそつなく振る舞うようにした。武芸や勉強も、できうる限りがんばった。

怖かった。ねえやみたいに、本当は悪口を言っているんじゃないかと怯えていた。

(結局、幸久の兄上はそうだったんだろうな。妓楼に行ったときにでも、僕を話の種にしていたのかもしれない)

疑い出せば、きりがなかった。

仲がいい、なんて思ってはいけなかったのに。虚偽の笑顔を信じて、かりそめの親愛を本物だと思い込んで。なんて、愚かだったのだろう。

首を振って、幸白は思考を打ち消した。もう、考えても仕方のないことだ。

ふと、幸継の言葉を思い出す。

——あの少女は、お前にとって特別な存在ではないのか？

（特別って、なんだろう。たしかに、僕と紗月は不思議な関係ではあるけど……）

記憶をたどれば、たしかに初めから気になる存在ではあった。怪しいから、という理由以外にも——。

梓の人間は、家族以外は幸白と目を合わせない。赤い目が不吉だからだ。しかし、彼女は「佐野宗次」だったときから、怖じけず幸白の目をまっすぐに見すえてきた。

樫の国に行ったときは、拝まれたり敬われたりしたが、みんなどこか一歩引いていた。あれは畏怖、だろう。

意味合いは異なっていても、みんなが見る度に幸白は自分が普通でないのだと自覚させられた。良くも悪くも、家族以外では紗月だけが何も気にせず接してきたと言える。

紗月自身が特殊な育ちで、故郷の記憶を失っているから——というより、あれは性分なのではなかろうか。

他人をまっすぐに見てくる、清い性根。忌憚なく物を言う、率直な性格。

どちらも、好ましいと思う。

（言ったら怒りそうだけど、彼女は暗殺者には向いてないいな）

苦笑し、食べ終えて箸を置いたところで、襖越しに使用人の声がかかった。

「幸白様。お連れ様が、高熱を出されていて……幸白様をお呼びです」

「なんだって……？　わかった、すぐ行くよ」

幸白は慌てて立ち上がり、使用人の先導のもと、紗月のところに向かった。

❜

周りが燃えている。また、紗月はひとりで立っている。

これは夢だ、と察する。

いつかのように虚空が現れて、手を伸ばした――と思ったら、紗月の腹に短刀が突き立てられていた。

視界が真っ赤になって、血の臭いにむせて、膝をつく。

「やっぱり、お前に生きる価値はなかったな、紗月」

虚空の言葉に、何度もうなずく。

できそこないの、暗殺者のなりそこない。何者にもなれない――なんて愚かな、自分。

何も傷つけられない、役立たずの刃。

「違うだろう、紗月。生きる価値がないなんて、自分で決めちゃいけない」

誰かの声が、後ろから響く。

「君は、僕の守り刀になると言ってくれたじゃないか」

（あんたは、誰だ。私は、あんたのことなど知らない――）

そんな、優しいことを言ってくれるひとがいるはずがないのだから。


紗月は真っ赤な顔をして、うめいていた。

医師が、彼女のすぐ横で煎じ薬を石鉢でといている。

「これは一体、どうしたのですか」

「怪我が元で、高熱が出ることがあります。この解熱剤を飲ませれば、いずれ熱は下がりますが、薬を飲まないのです。それと――先ほど、どうも彼女がうわごとのように幸白様の名前を呼んでいたので、来ていただきました。話しかけてみてもらえませんか？」

医師は説明しながら、石鉢から小さな器に移し替えて、紗月の口元に持っていった。しかし、彼女の口は開かない。

「これこれ。飲まないと、熱が下がりませんよ」

「……お医者様。僕が飲ませます。彼女は、特別な訓練を受けているので、意識がぼんやりしているときに与えられたものを飲み食いしない癖がついているのかも」

「ほう？　それでは、任せますか。お願いします。一旦、出ております。すぐ隣の部屋にいるので、何かあったら、すぐに大声を出してください」

「わかりました」

医師が退室したあと、幸白は医師が置いていった器を取り、片腕で彼女を抱き起こす。

「紗月。熱が出ているんだよ。飲んで」

唇に器を触れさせたが、紗月は目を閉じたまま首を振った。

（参ったな）

「僕に話があるんだろう？　ちゃんと、聞かせてよ」

「…………」

紗月はぐったりしたまま、何も言わない。

こうして見ると、普通の女の子に見える。物語をせがむいとけなさ、刀を振るう強さ、時折見せる脆さ――。色んな面を持った少女。

そこまで考えたところで、ハッとして幸白は首を振る。

（考えごとをしている場合じゃない）

熱が上がったままだと、まずい。大怪我をしているのだ。熱でこれ以上体に負担をかけると危ない。

「紗月。お願い、少しでいい。起きて、薬を飲んで。このままでは、君は危ない」

懇願すると、紗月の唇が少し開き、

「……私に……生きる……価値……ない」

と、うわごとのようにつぶやいた。

幸白は眉をひそめながらも、言い聞かせた。

「違うだろう、紗月。生きる価値がないなんて、自分で決めちゃいけない」

悪夢を見ているのだろうから、言葉が届かないとはわかっていた。それでも、言わずにはいられなかった。

「それに――君は、僕の守り刀になると言ってくれたじゃないか」

言葉どおり、紗月は身を挺して幸白をここまで連れてきてくれた。紗月が協力してくれなかったら、幸白は新しく派遣された暗殺者に殺されていただろう。

「さあ、薬を飲むんだ。生きるんだよ」

真剣に語りかけて、耳元にささやくと、紗月は少しだけ目を開いた。

彼女の唇に器を当て、薬をゆっくりと飲ませていく。

ごほっ、と咳き込みながらも、紗月はなんとか薬を嚥下した。

すぐにまた目を閉じて眠ってしまったので、幸白は彼女の体を慎重に横たえる。

た。

濃い、血の臭いがした。あの出血量だ。ひどい刀傷なのだろう。

そのまましばらく見守っていると、眠気が差してきて幸白は少しうたたねをしてしまった。


「幸白」と紗月の声が響いて、幸白は覚醒する。紗月の目が、開いている。喜びと安堵で胸がいっぱいになり、幸白は目を潤ませた。

「よかった……」

感激のあまり思わず抱きしめそうになったが、相手が大怪我していることに思い至って、自制する。

「……まさか、助かるとはな」

「君、高熱も出したんだよ。薬を飲ませたから、下がっていくと思うけど」

「そうか」

紗月は自分の額に、てのひらを当てていた。さすがに、まだそんなに下がっていないはずだ。

「ところで、僕の名前を呼んでいたってお医者様が教えてくれてね。何か、伝えたいことでも？」

「……うん。もう、死んじまうかな、って思って……これを幸白に渡そうとしたんだ」

紗月は、懐から勾玉を取り出した。

なるほどそれで、と幸白はうなずいた。

紗月は自分に何かあれば樫の国主に、幸白から返してもらうつもりだったのだろう。

「死なないよ。怪我のせいで、高熱が出ただけだから。それは、しまっておきなよ」

「……わかった」

返事はしたものの眠気にあらがえなかったのか、紗月は勾玉を手にしたまま眠ってしまった。

幸白は紗月の右手に、勾玉を握り直させてやった。

預かっておいてもいいのだが、目覚めて手元にないと混乱してしまうかもしれない。これは、紗月にとってとても大事なものだから。

右手で、彼女の左手を握る。燃えるように、熱い。少しでも熱を取ってやろうと、両手で左手を包み込む。

紗月が回復したら、また花婿行列をして彼女を樫の国に送り届ければいい。

幸白は陽菜姫と結婚し、紗月は家族と再会できる。

完璧な筋書きなのに、どうしてか胸がつかえたようになる。己が心がわからなくて、幸白はうつむいた。

しばらくそのまま座っていたが、紗月が起きることはなかったので、幸白は立ち上がった。部屋を出て、廊下から隣の部屋にいる医師に呼びかける。

「薬は飲ませましたよ」

　すると、すぐに医師が襖を開けて出てきた。

「幸白様、ありがとうございます。話せましたか?」

「はい、少し」

「幸白様も、お休みの前に手当てをしておきましょう」

「助かります。お願いします」

　見下ろすと、また足袋に血がにじみはじめていた。

　包帯を替えたあと、幸白は部屋に戻る前に使用人に頼んで部屋にある膳を下げてもらい、布団も敷いてもらった。

　布団に横たわると、すぐに眠気が訪れた。

(今日は色々ありすぎたな……。もう、何も考えたくない)

　熱で、頭がぼんやりする。

たまに覚醒して目を開くと、そばについてくれている医師が水を飲ませてくれた。

傷ついた胸と腹は、処置されたとはいえ痛みが続いている。

刀傷――それも虚空の残した刀傷だ。相当な、深手だったのだろう。

痛みと熱に苦しみながらも、夢うつつで紗月は幸白のことを考えた。

あんなに「誰かを守りたい」、と強く思ったのは初めてだった。

言葉で誓ったあとに、まさか本当に幸白を守る機会が来るとは思わなかった。守れてよかったと、心底思う。

自分の命については、もうほとんど諦めていた。虚空に勝てるはずがないから。紗月がなんとか一命を取り留めたのも、幸白が隙をついて虚空の利き手を斬ってくれたおかげだろう。

去り際、虚空は「粛清は為された」と言っていたから、落花流水に紗月の死亡を伝えたはずだ。虚空の報告なら、みんな信用する。

ひとまず、安心してもいいだろう。

(でも、どうして私は幸白を守りたいと強く思ったのだろう)

不思議で、疑問が浮かんでくる。

――あいつに惚れたのか？

幸久に言われたことが、蘇る。あのとき、明らかに動揺してしまった。

（まさか、そんなはずがない。いや、考えてはならない。——それより、私ができることは、なんだろう）

自問して、答えを導き出す。

（最後まで、幸白を守り通す。私の気持ちは、どうだっていい）

答えが出たら少しすっきりして、紗月はまた眠りの世界へと戻っていった。

翌朝、朝食は自室に運ばれてきた。足を怪我（けが）しているので、なるべく歩き回らないでいいようにと、幸継か父が気を回してくれたのだろう。

朝食を平らげたあとすぐ、父のおとないがあった。

「幸白、入ってもよいか」

「父上。はい、どうぞ」

「怪我をしたそうだな。昨日は見舞（みま）えず、すまなかった。昨夜は色々と家臣と話し合いをしておってな」

父は盆（ぼん）を持った使用人を従えて、入ってきた。使用人は小さな机に茶を置き、その机を幸白のそばまで運んだあと、一礼して去っていった。

「いいえ。別に、命に関わる傷でもありませんので……。ただ、歩くとどうしても痛いしまだ出血してしまうので、花婿行列は少し遅らせていただこうかと」

「それは、もちろんだ。クナイが貫通したのだろう？　命には関わらなくとも、結構な大きい傷だろう」

邦満は幸白の前に座って、茶を手に取り、ひとくち飲んでいた。

幸白も湯飲みを持って、熱い茶をすする。

「そもそも、婿入りに異論はないのか？」

父に問われ、幸白は深くうなずく。

「あくまで、死んだふりをするために自ら崖から落ちただけですので」

ふと、紗月のことが頭をかすめた。

どうして今、彼女のことを考えてしまうのだろう。考えたって、意味はない。幸白は、陽菜姫と結婚する定めなのだから。

「何も、問題ありません」

「そうか。実は、お前の訃報はまだ樫の国には知らせていなかった」

「――それは、どうして？」

幸白が自殺に見せかけて崖を飛び降りてから、かなりの日数が経っている。もう、父は使者を送っているとばかり思っていた。

「わしは、使者を送ろうとしたのだがな……幸継が、止めたのだ。事故ならともかく、幸白には強い責任感があるから、自殺は考えられないと。何か事情があるのではないか、と──わしに助言してな。それで、使者を送るのは待っていたのだ。幸継は、よく見抜いていたな」

「本当に……。兄上には、感謝しないと」

幸継の判断がありがたい。また、彼は自分をそこまで理解し評価してくれていたのだ、とわかって、幸白は胸が熱くなるのを覚えた。

樫の国に幸白の死を知らせると、どうしても混乱が生じただろう。そのことはやむを得ないと思っていたのだが、幸継が止めてくれたおかげで、助かった。慌てて訃報取り消しの使者を出す必要もない。

「それでは、お前にはもう一度花婿行列をしてもらう。もちろん、お前の傷が癒えたら樫の国には、事故で旅程が遅れている旨の伝令を放っておこう」

「はい、わかりました。あと、父上。僕の味方になってくれた、あの暗殺者──実は、樫の国の姫かもしれません」

一応、父にも明かしておこうと幸白は紗月の素性をざっと語った。

「ですので、彼女の回復も待ちたいのです。彼女を送っていくためにも」

「ふむ……。わかった。しかし、妙な話だな」

奇妙な偶然に、邦満は首をひねっていた。

幸久の投獄と虚空による襲撃の三日後、幸継が報告を持って幸白の部屋を訪れた。

「兄上、報告とは？」

「幸久の沙汰が決まった。その件だ」

幸継が正面に正座したので、幸白は姿勢を正して耳をすませた。

「父上と話し合ったが、私に子ができるまでは投獄、と。子ができたあとは、もう代替わりもしているだろうし私の判断に任せると言っていたので、考えておこうと思う。幸白、お前は重い罰を望むか？」

問われて、幸白はうつむいた。

暗殺者を仕向けられて、傷つかなかったわけがない。嘘の笑顔で、幸白を心の奥底でさげすんでいたことも。

しかし、幸白の心情で罰の重さを決めるべきではないだろう。

「僕の意思は、尊重しなくていいです。和平を壊されかけた父上と、冤罪をかぶせられて失脚させられそうになった兄上が、決めてください」

もとより、幸白に罰の如何を左右する権利もない。もうすぐ、別の国の人間になってしまうのだから。

「本当に、いいのか？　お前はもっと、怒ってもいいんだぞ」

幸継はわずかに眉根を寄せ、問いかけた。

「……はい。怒っても、どうにもならないですし。そう言ってもらえただけで、充分です」

正直な気持ちだった。もちろん、哀しくて悔しかった。それでも、幸白はもう前を向こうと決めていた。

幸久にこだわっても、相手を喜ばせるだけだろうから。

「あいわかった。では、そのように」

幸継がうなずいたので、幸白は「よろしくお願いします」と言って、小さく頭を下げた。

❜

深い傷だったが、毎日医者の作る薬を飲み、栄養のあるものを食べていたら、傷は日に日によくなっていった。

ようやく起き上がれるようになったとき、幸白が見舞いに来てくれた。手には、切った枇杷が載せられた皿を持っている。

彼は紗月のそばに座り、枇杷を勧めた。紗月は添えてあった竹楊枝を枇杷に刺し、口に運ぶ。

「ねえ、紗月。君は知っていたんだね。どこにいても、落花流水に殺されるって。僕が申し出た保護なんて、意味がないって」

自分も枇杷を食べながら、幸白は首を傾げる。

「……ああ」

「そのこと、どうして言わなかったの？」

「言っても、仕方ないと思ったんだ。あの時点で、私には選択肢がふたつしかなかった」

「あの場で僕に殺されるか、のちに落花流水に殺されるか？」

「そうだ。それなら――あんたを守る側についてやろうって思ったんだよ。私が戦争を起こす火種になってしまうことを薄々察していたのに、見ないふりをしていた。実は、私は出来が悪くて、暗殺者認定がなかなか下りなかった。だから、焦っていたんだろうな。そもそも、任務を選べるような立場じゃなかったんだが」

もうひとつ枇杷を食べてから、紗月は幸白の目をまじまじと見つめた。

「一人前の暗殺者になるために、絶対あんたを殺してやる、って思ってた。でも、あんたが私が暗殺を実行すれば戦争になるって言うのを聞いて、自分を裏切るのはやっぱり嫌だと思ったんだ。どうせ、どっちにしろ殺されるなら……あんたに従ってやろうと思っただけだ」

「僕に言わない理由になってないような気がするけど？」

「――言っても止められないんだし、別にいいだろ。あんたも、寝覚めが悪いかと思ったんだ。嫌だろ、死ぬ覚悟を決めたやつが隣にいるの」

紗月の答えに、幸白は目を見張ったあと、こらえきれないかのように苦笑いを浮かべていた。

「そういえばさ、君は覚えていないかな。熱を出して眠っているときに、『私には生きる価値がない』って言っていたの」

「……私が、そんなことを？　でも、まあ、そうだろ。落花流水では、そう言われて育ってきた。落ちこぼれて処分されるやつは、生きる価値なしってな。今回、私は暗殺者になれなかった。だから、生きる価値なし——だよ。死にそこなったけど」

気まずくなって、思わず目をそらしてしまう。

だが、幸白は紗月の頬を両手で包み込むようにして、顔をのぞき込んできた。

近い。顔が熱くなる。

「そんなわけない」

幸白はゆっくりと、紗月の目を見つめて言い切った。

「僕が、何度でも肯定するよ。君には生きる価値があるって」

「……でも」

身に染みついた教えは、未だに紗月を縛りつづけている。

斬れない刃など、誰も使わない。だから紗月は自分を磨き続けた。誰かに使ってもらえる、暗殺者――刃であるように。

紗月の戸惑う心中を察したのか、幸白は優しく微笑む。

「ううん、そんなことすら言わなくてもいいか。生きるのに価値とか理由とかいらないんだよ。誰にも認められなくたって、生きて。自分を否定しなくていいんだ」

「…………」

気がつけば、涙がこぼれていた。まずい。泣きやまねば、と思ったが、もう自分は暗殺者ではない。泣いても、いいのだ。

ほろほろと涙を流して、思わず幸白にすがりついてしまった。

五年ぶりに、子どものように大声を出して泣いてしまった。

幸白は何も言わずに、そのまま紗月を抱きしめてくれていた。

紗月のなかで、何かが大きく変わった気がした。


大泣きして、そのまま眠ってしまったらしい。起きると、部屋は真っ暗だった。

恥ずかしくて明日は幸白と顔を合わせたくない、と思ったのだが、翌日も幸白は律儀に紗月を見舞ってくれた。

今日は、緑茶と羊羹を持ってきてくれた。

「……ありがとう」

なんだか照れくさくて視線をそらしてしまったが、きちんと礼を述べて、一口大に切られた羊羹に手を伸ばし、口に放り込む。舌に甘さが広がり、幸せな気持ちになる。

「そうそう、紗月も行くよね。樫の国に」

自分も羊羹をつまみながら、何気なく幸白が問うてくる。

「私が樫の国に？　――ああ……樫の国主夫妻が実の両親だからか」

「うん」

「でも、受け入れてくれるのか？　私は……一度、手放された子だろう？」

「大丈夫だと思うよ。うわさでは、捜してたっていうじゃないか。それに、手放したままでいいと思っていたら、その勾玉を持たせないよ。神代から伝わる、とても貴重なものなんだから。いつか戻すつもりだったから、持たせていたんだよ」

「そうかな……。でも、いきなり現れても向こうも困るのでは？　私をどう扱っていいかわからないんじゃないか？」

「そんなことないと思うよ。向こうがどう出るにせよ、君がどういう道を選択するにせよ、会っておいたほうがいい」

やんわりと諭され、紗月は「そうだな」と返事をした。

まだ、いまいち実感が湧かなかった。実の両親がいるだなんて。

「それじゃあ、花婿行列のときに君も一緒に行こう。それでいい？」

「ああ……うん」

（そうか、もう一度花婿行列をするのか）

当たり前のことなのに、胸がじくじくと痛んだ。


時が経ち、傷は癒えていった。

死にかけたのが嘘のようだと思いながら、紗月は庭で鍛錬をしていた。ずっと寝ていたから、足腰が弱っている。刀を振るう力も、弱い。

「紗月」

縁側から、幸白が呼びかけてきた。

「精が出るね」

「……ああ。ずいぶんなまったから、勘を取り戻さないと」

紗月が腕で額の汗を拭うと、幸白は微笑んでいた。

「花婿行列の出発の日付が決まったから、知らせに来た。八日後になった。君は、旅に耐えられそう……だよね？　刀を振り回しているし」

「ああ、私は問題ない。あんたこそ、大丈夫なのか。足の傷だったろ？」

「大丈夫。ほとんど治ったし、僕は馬に乗るからね。君も姫君の可能性が高いのだから、駕籠か馬を用意してあげたいんだけど……」

「いや、いい。それだと、目立つだろ。私は護衛に紛れておく」

「わかった。では、そのように」

幸白が行きかけたところで、紗月は彼を呼び止める。

「なあ、幸白」

「うん？」

彼は振り返って、不思議そうに見つめてきた。

「どうして、あんたは……その、私が欲しかった言葉を言えたんだ？」

「欲しかった言葉？」

「あの――その……生きる、云々を……」

別に照れくさい台詞でもないのに、なぜだか言うのが恥ずかしい。

「ああ、あれか。あれはね――昔、僕が自分に言い聞かせていたことだったんだ」

幸白は何かを思い出すかのように、目を閉じていた。

「ほら、僕は白い子だから。家族は優しかったけど、辛いこともあった。そのたびに、もう死んじゃったほうがいいんじゃないかって、思ったんだよね。家族にも迷惑だろうし……って」

「…………」

辛さがわかって、紗月はうつむいた。

「だから、ああして開き直って自分に言い聞かせていたんだ。難しいよね。人間って、他人を肯定するのは簡単でも、自分自身を肯定しにくいものだし」

幸白は赤い目を開いて、優しく微笑んだ。

「これからも、僕は何度も自分を否定しそうになるかもしれない。だから、そのときはああして言い聞かせるよ、きっと。紗月も、また自分を否定しそうになったら、あの言葉を思い出してみて。それでも無理そうなら、僕に言って。いくらでも、肯定するから」

「……うん。ありがとう」

胸がぎゅうっと切なくなって、涙をこらえて、紗月は何度もうなずいた。

「わ、私も、もしあんたが弱ったら、いくらでも肯定するからな！」

「ありがとう。心強いよ」

紗月の宣言に、幸白は一礼した。

沈黙が流れたところで、紗月は聞こうと思っていたことを思い出し、質問を口にした。

「それより、今回も護衛選抜は行うのか？　それとも、行ったのか？」

「今回は、しないみたいだよ。前回、君という暗殺者を紛れ込ませてしまったわけだしね。城の警備が薄くなることを承知で、父上は城勤めの武士たちで護衛衆を構成すると言っていた。彼らに君が女性であることは明かしているから、旅籠の部屋などはちゃんと分かれる。安心してね」

「……ああ。でも、私は男の着物を着ていくぞ？　ひとり、女の着物だと目立つからな。動きにくいし」

「わかってるよ」

苦笑して、幸白は「無理はしないように」とだけ言い残して、行ってしまった。

彼の背を見送り、紗月は息をつく。

言葉では表せない複雑な感情が、胸に渦巻いていた。


出立の日の前夜、幸白が紗月の部屋を訪れた。

「紗月、起きてる？　入っていい？」

「あ、ああ。いいぞ」

布団に入って眠りかけていた紗月は、幸白の来訪に驚き、身を起こした。

「ああ、ごめん。もう寝るところだったんだね」

「いや、別にいい。何か、話か？」

「そうだね――」

傍らに座った幸白は、痛みをこらえるような、辛そうな顔をしていた。

「もう痛くないよね？」

「は？　ああ、傷のことか。別に痛くないが……」

答えている間に、紗月は幸白に抱きしめられた。

「――さよなら」

目を白黒させていると、耳にささやかれた。

（さよなら？　なんのさよなら？　それにどうして、あんなに辛そうな顔を？　明日も会うのに……）

しばらく考えたあと、「ああ」と声をあげそうになる。

わかってしまった。明日が出発の日であることを踏まえて、明日からは「梓の若君・幸白」として接するという意味なのだろう。

「――それだけ。じゃあ、おやすみ」

腕をほどいて、幸白は立ち上がって、出ていってしまった。

梓の幸白は、樫の国の姫・陽菜に婿入りする。しばらく共に旅をした、「ただの幸白」はもうどこにもいないのだ。

そう思うと哀しくて、紗月は一筋涙をこぼした。

第六章 落花流水

あらためて、花婿行列が行われた。前回同様、町は通らずに迂回した道を通っていく。

出発してから三日目、川辺で昼休憩を取ることになった。

大きな握り飯を二口で食べ終えて、紗月は川に近づく。

何か流れている、と思ったら、花びらが流れているのだった。

ふと流れている方向を見やると、遅咲きの山桜から花びらが落ちていた。

山桜にしたって遅咲きすぎる。実は桜ではないのでは、と疑って紗月は川の向こう側にある桜の木に近づく。

「あんまり、みんなから離れてはいけないよ」

いきなり後ろから声をかけられて、紗月は驚いて振り向く。幸白が、市女笠を片手で上げて、桜を見ていた。うっかり、武士たちから離れてしまっていた。反省し、「すまない」と一礼する。

「正に、落花流水という感じの景色だね」

幸白も、桜の花びらが流れている光景に目を奪われているようだった。

「そうだな……。あんまり、思い出したくない言葉だけど」

「まあ、そうだろうね。でも、きれいな熟語だと思うよ。落花流水には、ふたつの意味があるよね。物事が衰えゆくという意味と、相思相愛の意味。組織の落花流水は、もちろん前者の意味でつけたんだろうね」

「だろうな。後者だったら、意味不明だし」

暗殺者組織・落花流水に恋愛なぞ関係ない。

権力者をも衰えさせる、という決意をこめて命名したのか、それとも文字どおりのはかない春の景色のように命ははかないものと、言いたかったのか。

「本当にもう、落花流水は君を追わないの？」

幸白の質問に、紗月は力強く首を縦に振る。

「虚空が報告しているなら落花流水は私を死んだものと扱う。虚空はたしかに、粛清は為された、と言っていた。間違いないだろう」

きっと、虚空自身も誤算だったろう。幸白のつけた傷で刃が鈍ったこと、梓の国の医療技術が発展していたこと――この二点が重なって、紗月の命は偶然助かったようなもの。

「それなら、よかった」

しばし、ふたりの間に沈黙が下りる。

「水の流れに身を任せたい」

幸白がいきなりそんなことを言ったので、紗月はどきりとした。

どういう答えを返すのが、正解なのだろう。いや、そもそもどういう意味なのか。水と言っているから、落花流水から連想した言葉なのか？

幸白は、くすっと笑って、かがんで水に右手を浸からせた。彼は桜の花びらを、すくう。

「君にいいひとができて、そのひとがそう言ってきたらね、君は『落花を浮かべたい』って答えるんだよ」

幸白は立ち上がって、水に浮かぶ花びらを見せて、説明してくれた。

「はあ……。そういう、返しなのか？」

「落花流水の二番目の意味の、詳細みたいなものなんだ。男性が水の流れに身を任せたい花。女性が落花を浮かべたい水の流れ」

二番目の意味はどうしてか知っていたが、そこまでは知らなかった。

「ふうん。でも、変だな。花といえば女性を表しそうなものなのに」

紗月の感想に幸白は「それもそうだね」と笑って、花びらを川に戻していた。

なんとなく気まずくなって、紗月は話題を変える。

「それよりさ、幸白。勾玉を見せれば、向こうはわかってくれるんだろうか？」

「見せるだけじゃ無理だよ。君と陽菜姫が瓜二つなら話は別だけど……。僕と一緒に城に入って、国主様の前で勾玉を出し入れするのが一番いいだろうね。勾玉とその血筋が本物だと証明されるわけだし」

「わかった」

紗月は、懐にしまった勾玉を着物の上から握りしめた。

野盗に襲われることもなく、一行は順調に進んでいった。

歩きながら、紗月はふと考える。

もうすぐ、樫の国に着く。本当の両親に、会うことになる。

(行っても、受け入れられなかったらどうしよう)

勾玉がある以上、紗月はほぼ確実に樫の国の姫だと幸白は言っていた。それに、樫の国主は、娘をずっと捜しているという。だから、受け入れられないことはないだろうと思うのだが、それでも不安だった。

(まあ、受け入れられなかったら、旅に出ればいいだけか)

幸い、ひとりでも生きる術は知っている。それに、幸白が誰かと結婚するところを見なくていいと思えば、なぜか心に安堵が広がった。

ようやく樫の国の城前にたどり着いた。

迎えに出てきた武士が「幸白様以外は、ここでお帰りください」と一行に告げた。

「彼女は行方不明になっていた、樫の国の姫です。彼女は入れてあげてください」

幸白が紗月の肩を抱いて頼み込むと、武士はうさんくさそうに紗月を一瞥した。

「私の一存では、なんとも。それに、そのかたは男性に見えるのですが……」

武士は渋い顔をしていた。

「旅をしていたので、男装をしているだけです。あなたの一存では決められないのなら、国主様に聞いてきてください」

幸白が引き下がらないのを見て、武士は眉をひそめつつも「わかりました」と言って城内に入っていってしまった。

「──君たちは帰ってくれて大丈夫。本当に、ご苦労様。送り届けてくれてありがとう」

幸白は付き添いの者たちをねぎらい、礼を述べた。一行は幸白に一礼し、去っていった。

小一時間、待っただろうか。

一旦城の中に入っていった武士は、慌てたように戻ってきた。

「城内に入っていいそうです。ご案内します。お連れ様は、武器を全て私に渡してください。幸白様は、刀を帯びたままで結構です」

武士は、紗月に手を伸ばした。腰に帯びていた打刀と脇差を渡したあと、懐の短刀を取り出し、それも渡した。これで、丸腰だ。

ようやく、武士は幸白と紗月を城内に入れてくれた。

通された大広間には、たくさんの武士が控えていた。

奥のほうに座っていた壮年の男が、立ち上がる。

「私が樫の国主・樫神宇一郎と申します」

彼は一礼して、幸白に歩みよってきた。

「梓神幸白です。此度は、樫の国入りが遅れて申し訳ございません」

幸白が詫びると、宇一郎は豪快に笑って手を振っていた。

「とんでもない！　なにやら、事故があったとか。大変だったでしょう」

宇一郎は笑顔のまま、視線を紗月に向けた。

彼は紗月を見て驚いたように、目を見張っている。

「彼女が――連れの少女が私の娘だというのは本当ですか？」

「ええ。ほら、紗月。勾玉を」

幸白が背を押すと、紗月は桜の勾玉を懐から取り出した。勾玉に通していた紐を外し、紐は懐に入れる。

桜の勾玉を樫の者たちに見せつけるようにかかげて、念じた。

（我が身に入れ）

勾玉が、てのひらからかき消える。

（外に出でよ）

念じてまた勾玉を現すと、場内は騒然となった。

「間違いない。あれは、国主様が持つ桜の勾玉だ」

「あれを出し入れできるということは、国主の血筋！」

ざわめきのなか、樫の国主は、ゆっくりと紗月に近づいて紗月の顎に手をかけ、上を向かせた。

「なるほど、そっくりとは言わずとも陽菜に似ている。娘よ、名前は」

問われて、紗月は深呼吸してから答えた。

「紗月……です」

「ふむ。親の名前と、育った村の名前は？」

幸い、それは覚えていた。質問におずおずと答えると、国主は何度もうなずいていた。

「私がそなたを任せた夫妻と村の名前だ。年の頃も、陽菜と同じであろうな」

そう言って、国主は泣き笑いのような表情を浮かべた。

「……会いたかったぞ、もうひとりの娘よ」

ささやいて、国主は紗月を抱きしめた。

幸白の推測どおり、紗月は樫の国の姫だったのだ。

紗月はひたすらに戸惑っていたが、幸白を見ると満足そうに微笑んでいた。

家族に紹介すると言われ、幸白と紗月は大広間をあとにして、一室に通された。

そこには、ふたりの女性が座っていた。

「私の妻の秋留と、娘の陽菜だ。さあ、そこに座って」

紹介されて、紗月と幸白は礼をしてから彼女たちの正面に座る。

秋留は赤茶色の着物に赤の打ち掛け、陽菜は白い着物に橙色の打ち掛けをまとっていた。

ふたりとも、面差しが似ている。

陽菜は長いまつげに大きな目をした、かわいらしい顔立ちだった。つやつやとした黒髪は、座っていると畳に広がるほど長い。紅を刷いた形のよい小さな唇は無垢な印象の顔立ちに反し、彼女を妖艶に見せている。文句なしの美少女だ。

「お父様。あのおかたは？」

陽菜が不審そうに、紗月を見て宇一郎に問いかける。

「聞いて驚け。お前の、双子の妹――紗月だ」

「なんですって⁉　でも、私の妹は住んでた村が壊滅して行方不明だと……」

「ああ、そうだ。紗月。悪いが、またあの勾玉の出し入れをやってみせてくれ」

宇一郎に請われ、紗月は懐から勾玉を取り出して、念じてみせた。

勾玉が消え、また現れるところを見て、秋留も陽菜も悲鳴にも似た声をあげていた。

「まさしく、国主の血筋の証」

秋留は涙を流して、袖で拭っていた。

「あの——国主様。どうして紗月が預けられることになったか、本人に説明してあげてくれませんか」

幸白の頼みに宇一郎はうなずき、陽菜の横に座った。

「おふたりは、樫の国では双子が不吉とされるのを知っているだろうか？」

宇一郎の問いに、紗月も幸白もうなずく。

「陽菜と紗月は双子で生まれた。国主の家に双子が生まれたという話が広まれば、国に災いが広がるといううわさにもなろう。下の子を処分するように家臣から助言されるのは必至。そのため、このことは私たち国主夫妻と助産師だけの秘密となった」

宇一郎が一呼吸置いたところで、秋留が涙ながらに語った。

「この子たちが生まれたとき、助産師が『遠縁ですが、子どもを病で亡くした夫婦を知っております。信頼できる人物です。ともかく一旦、妹君はそちらで育ててもらっては？』と提案してくれたのです。それで、私たちは話し合った結果、妹のほうを助産師に渡しました」

紗月を見て、秋留は「ごめんね」とささやいて、わっと涙に暮れていた。

「私は手放す赤子に桜の勾玉を握らせた。その子が十二になったら、養父から事情を説明してもらうつもりだった。紗月が城に来たいと思ったら、その勾玉が身分を証明してくれるから――と。それと、お守りの意味もあった。今は力を持たないとはいえ、コノハナサクヤヒメからいただいた勾玉だからな」

　宇一郎の説明を聞いて、紗月は思わず勾玉に目を落とす。

　あの襲撃がなければ、紗月は十二歳で真実を知ることができたのか。

「このことは私たちと助産師以外は知らなかったのだが、数年前に陽菜が『樫の国の国主が娘を捜している』といううわさを城下町で聞いてきたらしくてな。事情を聞き出されたので、陽菜もいきさつを知っているんだ」

　宇一郎が話を終えたあと、また秋留が涙ながらに語りかけてきた。

「村は壊滅していたとはいえ、桜の勾玉を持った女児が見つからなかったので、どこかで生きているのではと期待していたのです。紗月……よかった、本当に、よかった」

「お母様、そんなに泣いていては紗月が困ってしまいますわ。――でも、どうして幸白様と共に来たのです？」

　秋留の背中をさすりながら陽菜に問われて、紗月はためらう。

　正直に言うと決めていた。なのに、いざ家族を目の前にすると言うとどうなるのか――不安でたまらなくなる。

　暗殺者として育った娘なんて、いらないのでは？

　紗月が逡巡していると、幸白が背中を軽く叩いてささやいた。

「大丈夫。正直に言うんだ。嘘をついても、バレてしまう。それにきっと、受け入れてくれるよ。何より、君のせいじゃないんだから。あのときは、それしか選択肢がなかった。そうだろう？」

幸白に後押しされ、ようやく紗月は覚悟を決めて口を開いた。

「私は村が壊滅したあと、暗殺者に拾われて暗殺者組織の落花流水で育ちました」

打ち明けると、一家は絶句していた。

沈黙が怖かったが、ぽつりと秋留が「……かわいそうに」と言ってくれて、ほかのふたりもうなずく。救われた気持ちになって、紗月は付け加えた。

「暗殺者として育てられたけれど、まだ誰も殺していません。最初の標的が幸白……様、だったので。あと、私は落花流水の者から裏切り者だと言われ、襲撃を受けて大怪我をしました。それで私は死んだと思われたはずです。だから、落花流水とは手が切れています」

それを聞いて、一家はホッとしたようだった。

「しかし、それでは紗月が幸白様を殺そうとした……ということなのですか？」

宇一郎の問いには、幸白が答えた。

「ええ、まあ。紗月は、護衛に紛れていたんです。でも、様子がおかしいことに気づいたので、僕は彼女を説得したんです。幸い、彼女はすぐに聞き入れてくれました」

幸白は、若干の嘘を交えていた。どう答えようか迷っていたので、助かったというのが本音だ。真実は、あまりにも複雑だから。

「ところで紗月。あなたはどうして、男の子の格好をしているのです？」

待ちきれない様子で、陽菜が尋ねてきた。

「え？　ああ、護衛と一緒にここに来たので。女剣士は目立ちますし……」

「あらそう。でも、ここはもうお城。そして、あなたは姫。そんな格好をしていては、いけませんわ。私の着物を貸してあげます。行きましょう！」

陽菜は立ち上がり、紗月の腕を引っ張った。

「陽菜様。行くって、どこに」

「私の部屋に！　いいでしょう、お父様？　お母様も手伝ってください！」

「あらあら。それでは、行きましょうか」

秋留も立ち上がり、紗月はわけがわからないままに陽菜に手を引かれて、部屋から出されてしまった。

「浅黄……いえ、萌黄がいいわ。春だし」

陽菜に半ば無理矢理、女の着物を着せられて、まるで着せ替え人形のようにされていた。

ああでもないこうでもないと、とっかえひっかえ。

ついでに、秋留が丁寧に化粧をしてくれる。後ろで束ねていた髪もほどかれて、くしけずられた。

ようやく陽菜が「これでよし」とうなずいたときには、紗月はふらふらになっていた。

「まあまあ、陽菜によく似ている。本当に、姉妹だわ」

秋留は紗月を眺めて、涙を流していた。

紗月は、近くに置かれていた姿見に自分を映して仰天した。白に近い薄紅の着物に、萌黄の打ち掛けを着た少女が、目を見開いてこちらを見返している。

(だ、誰だこれは!?)

落花流水に入ってから、基本は男物の着物しか着ていなかったし、化粧なんてもちろんしたことがなかったので、別人にしか見えなかった。

陽菜が紗月の隣に並んで微笑む。

「まあ、とっても似合いますこと。でも、あなたのほうが背丈が高いから少し寸足らずですわ。すぐに、あなたの着物を仕立てましょうね」

かなり強引だが、陽菜なりに紗月を思いやってくれているのかもしれない。

しかし、こうしてふたり並び立つと顔はたしかに少し似ているが、やはり陽菜のほうがずっと華やかな顔立ちをしているし、陽菜のつややかな髪に比べると紗月の髪はいささかばさばさしていて長さも半端で、見栄えがしなかった。

なんだか、惨めな気持ちが湧いてくる。同時に、そんなことを思ってしまうなんて、せっかく喜んでくれている陽菜と秋留に悪い気もする。

「お父様もきっと、喜びますわ。戻りましょう」

陽菜は紗月の手を引き、軽やかに笑う。

この姿を幸白にも見られるかと思えば、猛烈に恥ずかしくなってしまった。


しかし、戻ると宇一郎はもういなかった。

幸白だけが、端然と座って茶をすすっている。

「——幸白様。お父様は？」

「家臣に呼ばれていきましたよ。……あれ」

幸白は紗月を見て一瞬固まったあと、すぐに目をそらしてしまった。

（うっ……目をそらされた。ということは——相当、似合ってないんだな）

自分でもわかっていたのに、いざ幸白にああいう反応をされると、めげそうになる。早く、この動きにくい着物を脱いで、化粧も落としてしまいたかった。

「もう、つまらない。お父様を呼んでくるから、ここで少し待っていてくださる？　お母様も行きましょう」

陽菜と秋留が出ていき、紗月と幸白だけになる。

「どうしたの、その格好」

「陽菜様に、無理矢理着せられたんだ」

「まあ、これからはそういう衣装を着るのが普通になるんだから、慣れておくといいかもね」

他人事だと思って幸白は笑っている。

紗月は、むっとして彼をにらんでから、隣に座った。

「どうせ似合ってない」

「似合ってないって言ってないよ。むしろ、似合ってると思うけど？」

「よく言う。目をそらしたくせに」

「ええと、違うって。あれは――」

珍しく、幸白は動揺しているようだった。

「だーっ！　もう、そこまでだ！　今、私はすごく恥ずかしいんだ！　黙ってろ！」

紗月がわめくと、幸白は肩をすくめて黙り込んでいた。

「意外に、あっさり受け入れてくれたな」

紗月の感想に幸白はうなずき、「よかったじゃないか」とつぶやく。

「うん……。よかった。でも、少し……思うんだ。本当にこれで、いいのかって。私は、戦争を起こすのは国の支配者だって師匠に教えられて、ずっと国の支配者を恨んでた。なのに、やっぱり自分がその一員だったというのは……なかなか、受け入れにくい」

「戸惑うのは仕方ないと思うよ。そのときの君は、誰かを憎んでいないと壊れそうだった

んだろう」

幸白に心のうちを当てられ、紗月はうなだれる。

以前、紗月は「身分の高い人々」をひとくくりにして恨んでいた自分の考えが間違っていたと幸白との出逢いによって気づいた。その気づきがあってなお、なかなか自分の境遇が飲み込めない。

それに、記憶が曖昧とはいえ、育ててくれた夫妻をずっと両親だと思って生きてきた。実の両親を目の前にしても、実感が湧かないというのが本音だ。

膝を引き寄せたとき、襖が開いて陽菜が入ってきた。

「残念。お父様は、夕食まで、お忙しいそうですわ。幸白様、紗月。部屋に案内するから、夕食まで少し休んでおいてくださいませ」

陽菜に促されて、ふたりは立ち上がった。

陽菜は先に幸白を部屋に送ったので、彼とはそこで別れた。紗月の部屋に案内したあと、陽菜はふとまじまじと紗月の手を見つめてきた。いきなり手を取られて、紗月は驚く。

「な、何か？」

「ずいぶん、たくましい手だと思いまして」

「まあ、それは――刀剣類や弓などを、扱ってきましたので」

対して、陽菜の手はすべすべしていて、荒れた紗月の手とは大違いだった。

「苦労なさったのね」

陽菜は目を潤ませていた。強引なところもあるが、優しい少女なのだろう。

「これからはこのお城で、のびのび過ごすといいですわ」

「……そのことですが陽菜様。私は、ここではどうやって過ごせばいい？」

「そうですわね——。国主の娘なのですから、姫としての教育を受けてもらいますわ」

「そのあとは？」

質問に、陽菜は答えあぐねていた。

「本来は……嫁入りとなりますが」

「私は忌み子だから、それは無理？」

「残念ですが、そうなるかと。それか、外国に嫁ぐか。双子が忌み子とされない国に。梓もそうですけど」

「ここで、武士として働くことは？」

「それは、無理ですわ。女武者は、昔はいたようですけど、今は認められていません」

「男装しても？」

「だめですわ。今はまだ男装が通じるでしょうが、もう少しすれば無理が生じてきます。それに、あなたは身分が高すぎます。武士として働くなら、役職を用意しないといけません。でも。それには……」

「家臣の反対に遭う？」

「そのとおりですわ」

陽菜は、ため息交じりに肯定した。

「よくわかりました。ありがとう。では、荷解をしますので」

暗に出ていってほしい旨を告げると、陽菜は迷って「紗月……」と呼びかけてきた。

しかし、なんと声をかけるか思いつかなかったらしい。

「夕食の時間になったら、呼びにやらせますわ」

陽菜はそう言い残して、去っていった。

彼女に八つ当たりをしても、なんにもならない。わかっていたのに、乱雑な対応をしてしまった。

悔やみながら、紗月は自分の手を見下ろした。姫には似合わぬ、荒れすぎた手。

(受け入れてもらっても、ここには私の居場所はない)

不安もあれど、ここに来ればなんとかなるような気がしていた。きっとそれは、一種の逃避だったのだろう。

村は滅びた。落花流水を裏切った。ここにいても、周りを困らせるだけ。紗月には、どこにも居場所がない。

座り込んで、そんなことを考えていたとき、襖越しに声がかかった。

「紗月。少しいい？」

幸白の声に、ハッとして顔を上げる。

「ああ……どうぞ」

「失礼」

入ってきた幸白は、室内を見回した。

「広い部屋だね。さすが姫君の部屋」

「……何か用事でも？」

「いや、特には。時間があったから、話しにきたんだ。何はともあれ、よかったねと」

幸白は座りながら、紗月の浮かない顔に気づいたらしい。

「紗月？」

顔をのぞき込まれて、紗月は目をそらす。

「私は――勾玉を返したら旅立つよ」

紗月の台詞に、幸白は驚いたように手首をつかんできた。

「何をするんだ、幸白。痛い」

「いや……ごめん。旅立つ、なんて言うから」

思わず文句を言うと、幸白はハッとしたように、手を放した。

「何も、おかしくはないだろ。私に姫の暮らしは無理だよ。今だって、この着物を脱ぎたくてたまらない。それに、国主様――ううん、父上も母上も私の処遇に困ると思うんだ。受け入れてもらえてよかったけど、ここには私の居場所はない」

それに、陽菜と幸白の結婚式に立ち会うのが、どうにも嫌だった。もちろん、そんなことは言えないけれど。

「旅立って、どうするつもり？」

「傭兵としてでも、生きていくさ」

紗月は敢えて軽い口調で答えたが、幸白は真剣な表情を崩さなかった。

「まさか、すぐ旅立つわけじゃないよね？」

「ああ。さすがに、もうしばらくは滞在するよ。歓迎してくれてるし」

紗月の答えに、幸白はホッとしたような表情になっていた。

どうして、こんなことで安堵するかわからなくて、紗月は首をひねる。

(私を優秀な護衛として、頼りにしてくれたのかな)

たしかに、紗月さえ割り切ればここで護衛を続けることも可能かもしれないが……。

(今はとても、無理だ)

あんなに思いやってくれている姉に対して、嫉妬のような感情がどろどろと湧き出ているのを覚えて、己が嫌で嫌でたまらなくなった。

そうこうしているうちに使用人が紗月と幸白を夕食に呼びにきた。

食事の間に行くと、既に待機していた宇一郎は陽菜の着物を着ている紗月を見て、たいそう喜んで涙をにじませていた。

夕食は豪華な郷土料理が振る舞われた。樫の国の都は海にほど近いからか、新鮮な魚介類がたくさん出た。

山のなかで育った紗月も、内陸にある梓の都で育った幸白も、海の幸に舌鼓を打った。

食事中の話題は政治から芸術まで。どちらも門外漢な紗月は、話題に全くついていけず、ここでも教養の差を感じて疎外感を覚えた。陽菜は楽しそうに、幸白と会話を交わしている。

紗月は話すことがないので、畢竟、強い酒をがぶがぶと飲むことになり、更に着慣れない女物の着物を着ているせいもあって、宴もたけなわというときに気分が悪くなってきた。

「すまない。私は、ここで……」

紗月が青い顔で立ち上がると、隣席だった幸白も腰を上げた。

「紗月姫は、お酒に酔われたみたいですね。僕が付き添います」

「……いい。ひとりで、行ける」

「まあまあ、意地を張らずに」

断っても幸白が譲らなかったので、紗月は三人に一礼してから部屋を出た。そのあとを、幸白が追う。

あてがわれた部屋に入るなり、紗月は打ち掛けを脱いだ。

幸白が目を丸くしていたが、下着ではないからいいだろうと思って、そのまま敷かれていた布団に入る。

「紗月、大丈夫？　水を持ってこようか」

「いい。さっさと宴席に帰れ。あんたは主役だろ」

「……わかった。それなら、使用人に言いつけておくから」

余計なお世話だと言いかけたところで、紗月は口をつぐむ。なぜ、こんなに振り払いたくなるのだろう。

幸白が行ってしまってからすぐ、使用人が水を運んできてくれた。

水を飲み干すと、少し酔いが薄まって気分の悪さが治まってくる。

「ありがとう」

「いえいえ。何かありましたら、いつでも呼んでください」

にこにこ笑って、使用人は立ち去った。

しばらく布団に横たわっていたが、猛烈な頭痛に襲われて、紗月は舌打ちした。どうも、一気に酒を飲みすぎたようだ。勧められるがままに、盃を空けていったから……。

紗月は痛みに耐えられなくなって、布団から出て廊下に這い出した。

廊下を歩いていると、ふたりの使用人が話しているのが見えた。声をかけようとして、話し声の内容に気づき——凍りつく。

「そうよ、さっき水を運んでいったのよ。陽菜様とは、そこまで似てなかったわね」

「双子でも、瓜二つじゃない双子もいるらしいものね。そっちなわけね。それで、どうだった？」

「目つきが鋭くて、怖かったわ。国主様も、何を考えているのかしらね。村を滅ぼしたような不吉な双子を、城に戻すなんて」

「本当よね。災いをもたらすに違いないわ」

そこまで聞いて、紗月はきびすを返して部屋に戻った。

これが、忌み子であるということ。

知らないうちに、涙が伝っていた。

あんなに優しく笑っていた使用人が、ああして話していた。

村を滅ぼしたのは、落ち武者だ。紗月のせいではない。なのに、紗月が忌み子というだけで、紗月のせいにされている。

（やっぱり、だめだ。私は、早くここを出ないと）

樫の国主は努力してくれたという。紗月をいつか、受け入れるために。でも、因習はそうそう変わらない。

あのとき、他人事として聞いたことが胸に刺さって、痛くてたまらなかった。

翌日にでも出発してしまおうかという気分になったが、紗月は二日酔いのせいで起き上がれなかった。

「紗月、大丈夫ですの？」

陽菜が、朝食の粥とお茶を持ってきてくれた。

「ああ……はい。二日酔いのようです」

彼女が持ってきてくれたことに、ホッとする。陽菜なら、紗月を忌み子として見ていないだろう。会いたかったと言ってくれたぐらいだ。

紗月は、もそもそと粥を食べる。

「あの、陽菜様」

「姉妹といっても同い年ですし、様づけはしなくていいですわ。敬語も結構。わたくしは、元々これが素の口調ですので、お気になさらず」

陽菜にやんわりとそう言われたので、戸惑いながらも紗月は陽菜を呼び捨てにする。

「なあ、陽菜」

「はい？」

「まだ、あるんだな。双子差別」

「ええ……。もしかして、誰かに何か言われましたか？」

「い、いや」

言えば彼女たちが罰せられる気がしたので、紗月は口をつぐんでおいた。どうせ、紗月はここを出るのだから、事を荒立てなくてもいいだろう。

「残念ですけど、十数年で、何百年と続いていた因習を覆すのは難しいのですわ。紗月も、樫の国の村に住んでいたのでしょう？　そこで、立て札を見たでしょう？」

「見たような、見てないような……」

「子どもだと、そういうのは、あまり注目しないのかしら。でも、何もしないよりは効果があるってお父様が言ってましたわ。少しずつでも、変わっていくのを期待するしかありませんわ」

「そのさ、双子を忌み子とするのは……下の子を忌み子とするんだよな？」

「ええ。双子の下の子は、本来生まれてはいけなかった子が生まれた形だと――伝わっているのですわ。馬鹿馬鹿しい」

それで、陽菜は堂々としていても困らないのか、と納得する。

「紗月が育った村での双子の扱いは、どうでした？」

「さあ……。あまり、よく覚えていないんだ。落花流水に入るまでは、記憶が曖昧で」

紗月の答えに、陽菜は不思議そうに首を傾げていた。

何があったかは知っていても、あの凄惨な光景や状況を陽菜は想像もできないだろう。

（いや、陽菜は想像できなくて当然だし、それでいいんだ。——話を変えよう）

「あのとき、この国はどこと戦争していたんだ？　落ち武者が村を襲いに来たってことは、どこかと戦争したんだろう？」

ふと思い出して尋ねてみる。

虚空なら知っていただろうに、虚空に尋ねたことはなかった。あの惨劇の詳細を知りたくなかったからだ。今なら、聞けそうな気がしていた。

「楓の国ですわ。楓の国は、たくさん傭兵を雇っていましたの。正規の武士と違って、傭兵は戦争に負けると野盗に転じやすいのです。あなたが住んでいた村を襲ったのも、きっと傭兵ですわ。樫の国は楓の国を下しましたが、楓の国が早くに降伏したので、一年に一度税を治める義務を課したあとは、友好国に転じております」

さすが国主の娘。政情を、しっかり把握しているようだった。

ちらりと、紗月は陽菜を見やる。

見目麗しく、政治にも芸術にも明るい。いきなり現れた紗月のことも素直に歓迎してくれるような、性格も申し分のない少女。幸白にとって、この上なくふさわしい花嫁だろう。

素直に祝福できない気持ちを抑えながら、紗月は陽菜に問いかける。

「陽菜は、幸白のことをどう思った？」

その問いが意外だったのか、彼女は不審そうに眉をひそめた。

「はい？　……まあ、誠実そうなかたですわね。見目もよろしいし、会話を聞く限り賢そう。夫としては、申し分ないかと」

「そうか、それはよかった」

思いがけず、心のこもっていない空疎な返事になってしまう。

ぼんやりしていると、陽菜の視線を感じた。

「紗月？」

「いや、それはよかった――と」

「さっき聞きましたわよ」

「そ、そうだな」

笑ってごまかしたが、陽菜は何かを察したように、じっと紗月を見つめていた。

陽菜が去ったあと、紗月は布団に横たわっていた。まだ、頭が痛い。完璧に二日酔いだ。

「紗月」

襖越しに幸白の声が響いて、がばりと起き上がる。

「入ってもいい？」

「ああ」

返事をすると、幸白はそっと襖を開けて入ってきた。

「二日酔いって、陽菜様から聞いたよ。梓から、薬を持ってきてるんだ。ほら、頭痛に効く薬だよ」

幸白は、白い丸薬を渡してくれた。

水なしで飲めるというので、紗月はそれを丸飲みした。

「でも、珍しいね。二日酔いなんて」

「……そうか?」

「君は旅中の食事の際でも、酒が振る舞われても自制していただろう。ちゃんと自分が飲める量を把握して、制御しているんだなって見ていてわかったよ」

幸白の観察眼の鋭さに、改めて感心するとともに、少し怖くなってくる。

「それは、そうだな。宴席で、暗殺することもあるだろうから、自分がどのぐらいで酔うのか、ちゃんと把握しろと師匠に言われていた。幸か不幸か、私は酒をある程度飲める体質だった。でも、昨日は勧められるがままに飲んでいったのが悪かった。あんまり早く飲みすぎると、酒が早く回るんだった。しかも、ここの地酒はかなり強い」

「たしかにね。国主様も嬉しくて、ついつい勧めちゃったんだろうね」

ふふっ、と笑う幸白を見て、紗月は眉をひそめる。

(そういえば、こいつが酒に酔ったところを見たことがない)

「幸白は、酒をどこまで飲めるんだ？」

「ああ、僕は全く酔わない体質なんだ。便利なような、面白くないような……」

「へえ……」

感心したところで、紗月はふとつぶやいた。

「どうも、まだふわふわしているな……」

二日酔いもそうだが、どうにも心のなかが落ち着かない。だから酒量も自制できなかったのかもしれない。

「……私の恨みと本来の身分の折り合いがつかない。戦争を起こすやつらが、憎いと思っていて、修業してたから……」

「落花流水での生活は何かを憎まないとやっていけないぐらい過酷な環境だったんだよ。これからは、誰も憎まなくていいんだ」

「そう、なのかな」

自分は、憎む対象を探して見つけて、それに飛びついていたのだろうか。

「君の身分に関しては、どうしようもないよ。本当に、樫の国の姫なんだから。折り合いをつけていかないと」

「……うん。正直、樫の国主夫妻が本当の両親っていうのも、飲み込めていないんだ」

「ずっと離れていたからね。いずれ、家族だと理解していくさ。そういう意味でも、君はここに留まったほうがいい」

「それは、私が決めることだ。留まるって言ったけど、やっぱり——早めに出ていくかもしれない」

はねつけるように言い張ると、幸白は渋い顔をしながらも引き下がった。

「まあ、少し休んでおきなよ。長旅の疲れが出たせいもあると思うよ」

幸白は微笑んで、立ち去っていった。


物心ついたときから、自分は他人とは違うとわかっていた。忌まれている、ということも。だから、幸白はできるだけ波風を立てないように生きてきた。

子どもであっても、わがままを言わないように。目上であっても、横柄にならないように。これだから白い子は、と言われないように気をつけて生きてきた。

此度も、諦めるつもりだった。だから婿入り行列の前日、「さよなら」を告げた。いつものように、そうできると思っていた。だが、いざ紗月が去るつもりだと知って、心に嵐が吹き荒れた。

(——嫌だ)

子どものような、がんぜない感情に支配された。

彼女を見送り、約定どおりに陽菜と結婚し、樫の国を統治する。そうすればいいのに。

それが、できないと強く思った。

ずっと、紗月は気になる相手だった。そして、立ち去ると言われて、改めて彼女が自分にとっての特別になっていたのだとようやく自覚する。

ねえやに抱いていた淡い恋のような情とは違う。あれは、憧憬でしかなかったのだろう。

彼女には、こんなにも執着しなかった。

紗月には、留まってほしい。行ってほしくない。

この、ままならぬ感情には──恋、という言葉がしっくりと当てはまる。

これが、初めてのわがままかもしれない。

言えば、樫の国主も陽菜も気を悪くするだろう。立場が悪くなることだって、ありうる。

それでも、このままでは嫌だった。

紗月の部屋を出たあとすぐ、幸白は使用人を呼び止めて国主夫妻と陽菜に話をしたいと申し入れた。

返事を持ってくるので、部屋で待っていてくれと言われ、幸白は自室に戻った。

がらんとした部屋は、梓の自室よりも広い。さすが、次期国主のために用意された部屋である。

（紗月は、なぜか急いでいる。僕も急がないと）

迷いがないわけでは、なかった。だが、このまま諦めるのは嫌だった。

（あがいて、それでもだめならそれでいい。何もせず、見送りたくはない）

文机の上には、まっさらな紙の束と墨の壺と筆が置いてあった。

家族に手紙でも書こうと、筆を取るが、何から書きはじめればいいか迷っているうちに、使用人から「国主様夫妻と陽菜様のご支度ができました。案内いたします」と襖越しに声をかけられた。

幸白は筆を置いて、決意を胸に立ち上がった。


昨日、秋留や陽菜と初めて対面した部屋に案内された。

国主夫妻と陽菜は、並んで座っていた。

三人を前に正座し、幸白は深々と頭を下げた。

「来たばかりでこのようなことを申すのは、本当に申し訳ないのですが……。私は本来、陽菜姫と結婚するために、ここに参りました。しかし、紆余曲折あって紗月姫と旅をし、彼女に助けられ、いつしか彼女に恋をしておりました。私と紗月姫の結婚でも、梓と樫の同盟は成り立ちます。私情の絡んだ、誠に勝手な申し出ですが、紗月姫と結婚させてもらえないでしょうか」

切々と訴えると、宇一郎は難しい顔で腕を組んだ。

「幸白様。仰るとおり、今回の梓と樫の同盟のためにはあなたに次代の国主となってもらうことが絶対条件。だから紗月と結婚しても同盟は成り立つと言える。しかし、樫の国の家臣団が、強い発言力を持っていることはご存じか？」

「はい。耳にしております」

「私の意見とて、易々とは通らない。外から来た幸白様だと、少し前まで戦っていた敵国出身、という背景も手伝ってなおさらだろう。陽菜は、ここで育って家臣団のこともよく知っている。あなたと家臣団の仲立ちができる」

宇一郎は長いため息をついて、続けた。その表情には怒りも呆れもなかった。彼が、いきなりとんでもない申し出をしてきた幸白をどう思っているか、うかがえない。

「だが、紗月は違う。紗月はここで育たず、国主の娘としての教育も、国主の妻になる教育も受けてこなかった。あなたが紗月を妻にすると、政治が非常に難しいことになるだろう。ここまでは、よろしいか？」

「はい。覚悟の上です」

「覚悟しているといっても、本当かい？　一時の情で流されているのではないか？」

宇一郎は、辛辣だった。だが、幸白は引き下がらずに、彼を見すえる。

「紗月は、ここを出ていくつもりです」

幸白の言葉に、一家はざわついた。

「自分の居場所がないと、感じているようです。実際、紗月はここに留まったところで、双子(ふたご)の下の子である以上、嫁入(よめい)りは難しい……。違いますか？」

幸白の問いに、宇一郎はゆっくりとうなずく。

「それは、そうだ。双子への偏見(へんけん)は、最近ようやく一部で変わりはじめたところ。行方(ゆくえ)不明になっていた紗月は、うわさのせいで双子として知られている。私としては、よい家に嫁入りさせられたら、と思っている。だが、実際は難しいだろう」

「紗月は武芸の腕が立ちますが、それを生かした職を用意することも難しいですよね？」

「そのとおり。女武者が受け入れられない上に、双子の下の子を役職につけると家臣が反発する」

彼はきちんと、娘の将来も考えていたようだ。

「結局、樫の城で居場所を用意するのは難しいのでは？」

幸白が結論を口にすると、宇一郎は押し黙(だま)る。

「紗月も当然、そのことは考えていたと思います。それに、すぐに出たいようなことを言っていたのです。城で、何か言われてしまったのではないでしょうか。口さがない者は、どこにでもいるものです」

自らの経験を踏(ふ)まえて語ると、宇一郎は眉(まゆ)を寄せていた。

「発言してもよろしいでしょうか」

　ここで、陽菜が挙手した。

「陽菜？　何か、あるのか？」

　宇一郎に問われて、陽菜は幸白を見つめた。

「紗月がここを出たい理由は、わたくしにはわかります。先ほどお話に出た――嫁入りや、武官として働くのは難しいというのは、わたくしの口から既に言っております。居場所がないと感じているのは、たしかだと思います」

　そこまで言い切った陽菜は、まっすぐ幸白を見てきた。

「でも、もうひとつ理由があるようなのです。紗月は、わたくしと幸白様の結婚を見たくないのですわ」

　彼女の発言に、幸白も国主夫妻も驚き、目を見張る。

「なぜ、そんなことがわかるのだ、陽菜」

「幸白様のことをどう思うか聞いてきたので、夫として申し分のないかただと答えたのです。そしたら、紗月は魂が抜けたようになっていましたわ。あの子もきっと、幸白様を憎からず想っているのでしょう。無自覚なのか、自覚があるのかは、わかりませんが」

　父の質問に陽菜はすらすら答えたあとに、ため息をついた。

　幸白は、呆然としていた。彼女も、自分を想ってくれているのか、と考えると場違いな喜びがわきあがってくる。

「たとえ家臣を説得できて武官の職を用意しても、きっと紗月は受けませんわ。好いた相手と姉が結婚して、平気でいられるわけがありませんもの。お父様、わたくしからもお願いしますわ。幸白様と紗月の結婚を認めてください。政治については、お父様やわたくしが――嫁入りまでですけど――支えれば、いいではありませんか。わたくしは、相思相愛の者たちを引き裂きたくはありません」

陽菜はそこで、目を潤ませた。

「わたくしは、ずっと思っていましたの。少し先に生まれただけで、わたくしは蝶よ花よと育てられた。なのに、紗月は……育ての親を失った挙げ句に、暗殺者組織に入れられて、ひとを殺す過酷な訓練をしていた。あまりにも、辛い半生だったと思いますわ。わたくしはこれ以上、紗月から何も奪いたくありません」

こらえきれずに陽菜が涙をこぼすと、秋留も袖で目元を押さえていた。

「それに紗月は、ここを発ったら、きっと戻ってきませんわ。お父様、後悔したのでしょう？　村が壊滅したという知らせを聞いて……」

「……ああ、そうだな。また、失うわけにはいかない」

宇一郎はうつむき、しばらく考え込んでいた。

「国主様。恐れながら――私が、彼女の居場所になりたいんです。紗月姫の境遇を考えて導き出した提案ですが、やはりこれは私情が大きいです。それでも敢えて、お願いさせてください」

幸白の懇願が最後の一押しになったようで、宇一郎はようやく顔を上げた。

「幸白様。さっきも言ったように、陽菜を妻にするより、あなたの道は困難に満ちたものになるだろう。それに、紗月は忌み子として見られる。家臣のなかでも、そう見る者は少なくないだろう。彼女が傷つかないように、守ってくれるか」

「――はい。私は、必ず紗月を守ると誓います」

幸白はもう一度、深く頭を下げた。

「わたくしも、賛成いたします。政略結婚でも、愛があるほうがいいですわ」

慈愛に満ちた笑みを浮かべながら、秋留がここで意見を挟む。

「その様子だと、紗月の了解はまだ取っていませんわよね？」

陽菜に確認されて、幸白はうなずいた。

「先に、あなたたちに話を通すのが筋だと思ったので」

幸白の言葉に、「それもそうだな」と宇一郎がつぶやく。

「ところで、こちらは了解したが、結婚相手が変わることは、そなたの父君にも了解を取らねばならない。紗月の答えを聞き次第、梓の国に使者を送ろう」

「はっ。承知いたしました。ありがとうございます！」

幸白は心の底から礼を述べ、頭を下げた。

あれが一番、幸せな思い出だったのかもしれない。

うたたねをしていた。夢のなかで、紗月は幸白とふたりで旅をしていた。

「紗月」

襖越しに声がかけられて、紗月は起き上がった。

「入ってもいい？」

「……どうぞ」

応じる声は、がらがらだった。咳払いして、なんとか声の調子を整える。

昼食を運んできてくれたのかと思いきや、幸白は何も持っていなかった。どうしてか、少し頰が紅潮している。

白い肌に赤みが差すと映えるな、とのんきなことを思っていると、幸白は紗月の前に正座して、柔らかな声で告げた。

「旅立つ前に言った『さよなら』を撤回させてほしい」

「さよなら……？」

ああ、あれか――と紗月は得心する。二回目の花婿行列の前夜に、幸白が抱きしめてささやいてきた言葉。

「僕は君を恋い慕っている」

何を、言っているのだろうか。

すぐには寝起きの頭で理解できずに紗月はぽかんとして口を開けたが、すぐにてのひらで両頬をぴしゃりと叩く。

(……痛い。夢では、ないようだが)

「ま、待て！　あんたには陽菜がいる……。今のは、聞かなかったことにする」

陽菜との政略結婚をするためにここまで来たのに、紗月に告白する理由がわからない。下手をしたら、樫の国主の怒りを買って、大事になってしまう。今日の幸白は、どうかしている。

「そう言うと思った。ちゃんと、君の両親と陽菜様の了解も取っているよ」

にっこり笑われ、紗月は愕然とした。

(両親と陽菜の了解を取った!?　ど、どこまで先回りしてるんだ……)

少し、怖くなってくる。

「君がよければ、結婚してくれないか。選択権はもちろん、君にあるけれど」

幸白は動じた様子もなく、なおも告白を重ねる。

紗月は真っ赤になって、うつむく。

微笑む陽菜、秋留、宇一郎が脳裏に浮かび、気恥ずかしい。

（でも――先に家族の了解を取ったってことは、本当の本当に……本気なんだ）

正直、前から幸白に淡い想いを抱いているような気はしていた。だが、まさか成就するなんて思っていなかったので、正に青天の霹靂だった。

しかし、まだ気がかりなことが残っている。

「私は、まだ誰も殺していなかったとはいえ、暗殺者として育てられた。それでも、いいのか？」

問いかけたあと、自分の手を見下ろした。まだ赤く染まっていない手は、それでも誰かを殺すための手だった。殺す道具として拾われた。殺すために訓練してきた。

幸白は迷いなくうなずき、紗月の手を包み込むようにして両手をつなぐ。冷たかった手が、ほんのり温かくなる。

「君がいいんだ。君じゃないとだめなんだ。どうか一生、そばにいてほしい」

「――なんで私なんだ？　陽菜のほうが、ずっといい子だし、美人だ」

「家族以外で、僕を初めてまっすぐ見すえてきたときから、気になっていた。一緒に旅をするうちに、君の色んな面を知った。冷徹な顔を見せたと思えば、幼い面をのぞかせるときもあって……。目が離せなかった」

つらつらと語られ、面はゆくて口元がむずむずする。片手で口を隠したいのに、両手を握られているせいで、それもできない。

「君の師匠が来たとき、戦ってくれてありがとう。僕の守り刀として、全力で守ってくれたね。でも、あのあと倒れて横たわる君は、とても弱々しくて……そこで愛しいという感情が湧いた。でも、気づかないふりをしていたんだ。僕は婿入りが決まっていたから」

「うん……そうだよな」

「とにかく、君の強さと脆さに惹かれたんだよ」

情熱的な台詞に紗月は戸惑いながらも、もごもごと答えた。

「幸白がいいのなら……こちらからも、お願いする」

「よかった！」

幸白は喜び、目元を和ませた。

「私が断ったら、どうするつもりだったんだ」

ふと気になって紗月が尋ねると、幸白は淡々と答えた。

「もう一度、君の両親に頭を下げるつもりだった」

「そんな！　……それなら、先に私に言えばよかったじゃないか」

「確証がないまま君に想いを告げることは、避けたかった。君の両親が許さない可能性だってあったからね。それだと君が傷つくことになる」

「でも、もし私が断ったら幸白は大恥かくじゃないか」

「それでもいいと思ったんだよ。君が傷つくより、僕が恥をかくほうがずっといい。君を傷つけないためにになら、いくらでも頭を下げるさ」

冗談めかして言っていたが、幸白はきちんと紗月のことを考えて先回りしてくれていたのだ。得心して、彼の優しさが染みる。

(……ああ、本当に色々な覚悟を決めて告白してくれたんだな)

彼の毅然とした表情を見て、胸が熱くなるのを覚えた。

「こうして結ばれる機会を与えられたのだから、これを運命と思おう。一緒に、まずはこの国から平和な世界を作っていこう」

幸白は前向きに語り、紗月は何度もうなずいた。

政治のことは、まだよくわからない。でも、紗月が経験したような悲劇が起こらないようにしていきたいと思った。

「でも、待てよ。幸白。私が国主の妻になれるとは思えない。農村で育って、そのあとは落花流水にいたんだし」

「それは、陽菜様と奥方がきちんと教育するって言ってたよ」

「う、うげ」

思わず、嫌そうな声がもれてしまった。

今から姫君としての教育を受けて、国主の妻としての教育も受ける——途方もなく、大変そうだ。

——でも。

幸白と陽菜が結婚するのを見るのよりは、ずっといい。

教育がなんだ。落花流水の訓練にもついていけたのだから、きっとなんとかなる。

（それに、私はひとりでがんばるわけじゃない）

きっと、両親や姉も支えてくれる。まだ、どうやって頼ればいいかわからないけれど、歩み寄っていけるはず。

そして、誰より——夫となるひとが、いてくれる。

だから、幸白の手を握り返す。

「がんばってみるよ」

「うん。大変だと思うけど、お互いがんばろう」

幸白が微笑んだので、紗月の口元も自然とほころんだ。

第七章 ✤ 急転直下 ✤

梓の国から手紙が届き、そこには結婚相手変更了解の旨と祝福の言葉が書かれていた。

こうして無事に、紗月と幸白の結婚が正式に両国から認められることとなった。


樫の国に来て、二月ほどが経った。憂鬱な気分を誘う梅雨が終わり、ようやくからりと晴れた空が見えるようになった頃合い。

紗月は相変わらず、陽菜による熱心な教育を受けていた。

「紗月！　なぜ、あなたはそういう二通りの歩きかたしかできないのですか⁉　武士みたいに堂々と外股で歩くか、足音を立てないような忍んだ歩きかたか！　どちらも姫君には、ふさわしくなくってよ！」

今日は、朝から歩きかたの練習をしていた。たかが歩きかた。されど歩きかた。

紗月は、動きやすい男の歩きかたか暗殺者特有の足音を消す歩きかたの訓練をしてきた。一朝一夕に、姫らしい歩きかたができるはずもない。

「……なあ、陽菜。歩きかたは無理じゃないか。もうこれは、癖なんだよ」

「無理じゃありませんわ、紗月。国主の妻は、臣下の前に出ることもありますし、屋敷に呼ばれることもありますのよ」

「なら、暗殺者の歩きかたでいいじゃないか。これなら、足音もしないし」

「それはそれで怪しいし、不気味なのですわ！」

陽菜は、譲る気配を見せない。

暑さのせいもあって、頭が痛くなってきた。着物も夏物とはいえ、女物の着物は男のそれより重いし暑い。

髪も今は、結ばずに下ろしているせいで、うなじが暑くてたまらない。陽菜がいなければ、さっと髪を高い位置で結っているところだ。

「やあ、大変そうだね」

涼しげな声が響いて、紗月も陽菜も居住まいを正す。振り返ると、幸白が部屋に入ってきたところだった。

「大変だよ。幸白のほうは、どうなんだ？」

幸白は、宇一郎から樫の政治について学んでいるはずだ。

「梓と樫は隣国なのに、違ったところがたくさんあって興味深いよ」

元々賢いからか、そう苦にもならないらしい。

「国主様が呼ばれたから、一旦お開きになったんだ。というわけで、こっちに来たんだけど……見学してもいい？」

「もちろんですわ」

「やめてくれ！」

陽菜は優雅に、紗月は必死に答えた。

両者の違いが面白かったのか、幸白は声を立てて笑っていた。

「それじゃあ、陽菜様の隣に座っても？」

「どうぞどうぞ、幸白様。一緒に紗月をしごいてやってくださいませ」

陽菜は微笑み、彼を促す。女神のような笑顔をしておきながら、言うことは鬼に近い。

紗月が脱力したとき、いきなり誰かが駆け込んできた。

「火急の用件につき、失礼いたします！　幸白様！」

武士が襖を開け、深々と頭を下げた。

「梓の国から、急使がやってきました」

「梓から？　……悪いけど、失礼するよ」

幸白は慌てて立ち上がり、紗月と陽菜に会釈してから出ていってしまった。

「梓の国から――？　火急の用件とは、穏やかじゃないですわね。ねえ、紗月。どう思います？」

陽菜が話しかけたときにはもう、紗月は部屋を飛び出していた。

「紗月！」

「悪い！　稽古は、今度にしてくれ！」

叫びながら、紗月は廊下を駆けた。ついさっき行ったはずなのに、幸白の姿はもう見えない。どこに行ったのだろうか。

急使が来るとしたら国主の部屋だろうと気づき、紗月は一旦方向転換して、先ほどまでとは逆方向に走った。

国主の部屋の前で、紗月は襖を開けようとして手を止める。

「――幸久の兄上が、脱獄した⁉」

幸白の声を聞いて、紗月は凍りついた。

「それで、どこに行ったと？」

「わかりませんが、おそらく樫の国に行っただろうという話になり――」

「それは、たしかなのか？」

幸白の声は、動揺のせいか若干震えていた。いつも冷静な彼らしくないが、幸久が脱獄という話ならそういう反応にもなるだろう。

「推測ですが、他に行くところもないだろうと幸継様が。ともかく、幸白様および樫の国主様に急ぎ知らせろと国主様に言われ、参った次第です」

疲れ切った声音の主が、急使だろう。

(幸久が、ここに来ているかもしれない？　たしかに、幸久は幸白の暗殺に失敗した。自棄になって、自ら殺しにきてもおかしくない。幸久にも、武芸の心得があるのだし。梓のなかはきっと、捜しただろうし今も捜しているだろう。それでもいないから、急使が来た)

素早く考えて、紗月はその場をあとにした。

部屋に戻って、髪を高い位置で結い、来たときに持ってきた男物の着物に着替える。春物なのでいささか暑いが、構ってはいられない。腰には打刀と脇差を帯び、懐に短刀をしまった。

(幸久は、きっとまた幸白を傷つける。ふたりを、また会わせたくない)

それに、幸久と樫の武士たちが戦う事態を避けたい。幸久は梓の国主の息子。せっかく和平交渉がまとまっているのに、幸久と樫の武士たちが戦えば樫の国民の梓への敵対感情が高まる。婿の幸白への風当たりもきつくなるかもしれない。

(武士たちが出動する前に、私が止める)

厩舎で馬の世話役に頼んで、鹿毛の馬を出してもらう。彼は紗月を城勤めの武士と間違えたらしく、特に誰何されることもなかった。

馬を駆り、紗月は西に駆ける。樫の地図は、既に頭に入れてある。梓から樫に来るのだとしたら、花婿行列と同じ経路をたどるはずだ。

山を越える道。梓から樫への整備された街道は、あそこしかない。他の道がないこともないが、獣が出るし山賊も出る。

幸久は武芸の心得があるとはいえ、長らく獄中生活だった。危険をおかして他の道を通るとは思いにくい。

紗月は山に続く道を馬で駆け抜け、山に入っていった。

夏の木漏れ日に照らされた山の風景は、平和そのものに見える。春より色の濃い花が咲き、草が生き生きとして息が苦しいほどだ。

前方に気配を感じて、紗月は馬を止めた。

紗月は馬から下りて、近くの木の枝に手綱をつないだ。

紗月自身も木々に紛れて、様子をうかがう。案の定、向こうから馬に乗った一団が現れた。先頭の馬に乗っているのは、間違いなく幸久だ。

(六人。私ひとりで、やれる人数だ。殺さず、追い返す)

二月ほど姫君としての教育を受けながら、夕方には自主訓練をして鍛錬を怠っていなかった。自分は幸白の結婚相手である前に守り刀である、という自負があったからだ。

紗月は手綱を回収し、馬に飛び乗って、彼らの前に飛び出した。

いきなりの闖入者に驚いたのか、幸久の馬が竿立ちになる。

「うわっ。——お前は、寝返った暗殺者の……」

「いかにも。何をしに、ここに来た？」

刀を抜いて問い詰めると、幸久は顔をしかめた。

「お前には、関係のないことだ」

「関係ある。お前は、幸白には会わせない」

「妻になるからか？」

いきなりからかうような口調で確認されて、紗月は眉をひそめる。

（なぜ、それをこいつが知っている？）

素早く、紗月は幸久の背後を確認する。幸久を抜いて、五人。そのうち四人は、いかにも柄が悪そうだ。雇われ者だろう。しかし、ひとりは身のこなしに隙がなく、着物も立派なものだ。梓の城勤めの武士だろう。

（どうやって脱獄したのかと思ったが、まだ協力者がいたか！　私と幸白が結婚するという情報も、あの協力者が伝えたに違いない）

紗月は舌打ちしながらも、自分ひとりで対処できる人数だと改めて判断する。正規の武士と、力量不明の幸久は厄介。だが、残りの四人は構えが隙だらけ。お世辞にも、質のいい傭兵とは思えない。

「城内に、まだあんたの協力者がいるとはな」

「これでも人望があってね。幸継の兄貴は堅物で面白みがない男だし、野心もないから。俺の大望を支持してくれるやつが、それなりにいるんだ」

幸久はひょうひょうとした様子で、小首を傾げる。

大望とは、領土拡大のことだろう。梓に和平反対派がいると、幸白が言っていた。幸久は、そんな彼らに支持されているのだろう。

唇を嚙みしめて、紗月は打刀を構える。

「幸白には会わせない」

「お前に、なんの権利があるっていうんだよ」

凄んだ声を出して、幸久が刀を抜くと共に、他の者たちも刀を抜く。

騎馬戦は慣れていないし、訓練不足だ。ならば、相手を落とすまで。

紗月は鞍の上に立って、跳躍した。厄介そうな幸久を刀で打ち、衝撃で落とす。同じ要領で、今度は幸久の馬に着地してから、跳んだ。同じことを繰り返して全員を馬から落とし、自分の馬を含めて馬に蹴りを入れて逃がす。

紗月が大地に降り立ったときには、男たちは怒り心頭に発してこちらを見ていた。全員、臨戦態勢だ。

「この、女！」

雇われ者が、鉈に似た武器を振りかぶる。足払いを食らわせ、刀の柄を鳩尾に埋める。たちまち男は昏倒し、慌てた仲間が刀で斬りかかってくる。

脇差を左手で抜いて、男のこめかみを柄で強打して気を失わせる。

これで、ふたり。

紗月は両手に刀を構えたまま、呼吸を整えた。

(大丈夫だ。いける)

いつになく、落ち着いていた。

武士と幸久は、後ずさっている。逃げる隙をうかがっているのだろう。

今度は、雇われ者のふたりが同時に飛びかかってきた。素早く後頭部を打刀で峰打ちすると、ひとりはすぐに昏倒した。もうひとりには、飛び上がって回し蹴りを叩き込む。首の後ろにつま先が食い込み、男は倒れた。

そうして、紗月は幸久と向き合う。——が、武士がその前に立ちはだかった。

「幸久様、私が時間を稼ぎます。行ってください」

「あ、ああ」

幸久が駆け出す。紗月が追わんとすると、武士が気合いの声と共に斬りかかってきた。

紗月は刀で攻撃を受け流す。

(くそっ、強い!)

相当な、手練れだ。しかも、こちらは殺さないように動いているせいで、やりにくい。

相手は本気でかかってきている。紗月を殺すつもりだ。

長引けば、幸久を追えなくなる。

紗月はわざと少しだけ隙を見せた。すかさず、相手は紗月の脇腹に刃を走らせる。血が飛び、うめき声を殺しながら、その間に紗月は脇差を投げた。相手は慌てて避けるが、紗月は懐から短刀を取り出し、それも投げた。短刀は鞘をつけたまま、相手の額に鈍い音を立てて当たり、彼は額から血を流して倒れ込んだ。しかし、刀を杖代わりにして立とうとする。

紗月は容赦なく彼の腹に膝をめり込ませ、昏倒させた。

短刀と脇差を拾い、紗月は駆けた。短刀は懐にしまい、脇差は抜き身のまま、左手で持つ。

まだ、遠くには行っていないはずだ。山道を駆け下りる。すぐに、幸久の背中が見えてきた。

「止まれ、幸久！　お前の仲間は、全て倒れた！」

紗月が叫ぶと、幸久は諦めたように足を止めて、振り返った。

「つくづく、邪魔な女だ……」

「邪魔で結構。ここで帰れ。全員、殺してはいない。少し経てば、みんな目を覚ますだろう」

紗月は歩を進め、幸久から五歩ほど離れた位置に立った。

「俺が何をしにきたか、聞かないのか？」

「どうせ、幸白の命を狙いに来たんだろう。そのぐらい、わか……」

言葉の途中で、紗月は目を押さえた。幸久が、何かを投げつけたのだ。

目が痛くて、開けられない。目潰しの粉だ。しまった、油断していた。見えない。

恐慌状態に陥りながらも、紗月は脇差を捨てて打刀をしっかりと両手で構える。見えない状態で、武器を両手で扱うのは無理だ。視界に頼れないなら、他の感覚で勝負するしかない。

紗月は一歩下がった。

幸久の笑い声が聞こえる。刀を振り上げる音。

聴覚と感覚だけを頼りに、目をつむったまま剣戟を受ける。一度、二度、三度、受けた。

冷や汗が垂れる。少しでも集中力が切れたら、受け損ねそうで。恐怖のせいで、心臓の鼓動が早鐘を打つ。

そして、紗月は失態を悟る。正面からの攻撃に集中しすぎていたこと。いきなり背後から斬撃を受けて、倒れそうになる。

(あの武士が、思ったより早くに目を覚ました!?)

「ははは。いいぞ、千蔵。そいつを、後ろから羽交い締めにしろ」

千蔵と呼ばれた武士は、言われたとおりに紗月を羽交い締めにする。背中の傷に千蔵の体が当たって、痛い。

（まずい。考えろ。どうやったら、抜け出せる⁉）

がむしゃらにもがいても、力では勝てない。どうにか、抜け出す方法を考えていると、しみじみと幸久がつぶやいた。

「実は、幸白よりもお前を殺したかったんだよ。自分が死ぬより、自分の大切なやつが亡くなるほうが辛いもんだからな」

幸久の魂胆を聞いて、血の気が引く。

心の奥底で叫ぶ声がある。――死にたくない、と。

考えなしにひとりで、ここまで来て。自分の愚かさを呪うしかない。自分が死んだら、きっとみんなを哀しませる。陽菜と両親と――幸白の顔が頭をかすめる。

痛みを覚悟したが、ぎん、という音と共にすぐ前に気配を感じる。紗月を押さえていた武士がうめく声が聞こえ、体が解放される。

尻餅をついたところで、ようやく目が開いた。痛くてたまらなくて、何度もまばたきを繰り返す。涙ににじんだ世界に映っているのは、幸久の刀を刀で受け止める幸白だった。

「幸白……」

どうしてここに、と紗月が言葉を続ける前に幸白が口を開いた。

「兄上、お久しぶり」

微笑んで挨拶しながら、幸白は刀を打ちこんでいく。幸久は防戦一方で、すぐに刀を取り落としてしまった。

(元々、そんなに強くないのか？　いや……)

どうも様子が変だ。

幸白が首に刃を当てると同時に、幸久は口を片手で押さえて咳き込んだ。指の間から、血がこぼれる。

(——病気)

咳き込み、膝をつく幸久に、幸白は警戒しているのか、まだ刀を当てている。

「兄上。梓まで送らせます」

「…………殺してやろうと思ったのに。残念だ。お前がどんなに悔しがるか——」

「そこまで。何を言っても、負け犬の遠吠えですよ」

「この、忌み子が！」

「どんなに罵っても、あなたに僕は傷つけられませんよ。あのとき、裏切られて動じたのは——あなたを信じていたからです。僕はもう、あなたを信じていない。だから、無駄です」

幸久が吐き捨てても、幸白は表情を変えず、刃先もぶれさせなかった。

「事情は、父上と兄上から知らせを受けました。労咳は、治ることもある病気です。自棄にならず、養生してください」

幸白は口元を布で覆っている男たちを、手招いた。

「あとは、頼んだ。仲間も手当てしてあげて」

「はっ」

「病気とはいえ、抵抗しないように武器は取り上げて。仲間の得物も忘れずに」

指示を終えると幸白は幸久の刀を拾い、腰元から脇差を抜き、それらを口元を布で覆った男のひとりに渡していた。

「紗月、立てる？」

手を伸ばされ、紗月はその手を取った。

「ああ……。なあ、幸白。病気って」

「それは、移動しながらでも教えてあげる。ほら、早く。君、怪我をしているんだろう」

「わかった」

幸白は先に馬に乗り、紗月を前に乗せてくれた。

背中を怪我していたので、触れて痛くないようにと横向きに座る。

馬は、ほどよい速さで走りはじめる。

教えてあげると言っておきながら、先ほどから幸白が黙り込んでいるので、焦れた紗月は自分から話しかけた。

「幸白？」

「何？」

声が、若干――いや、かなり冷たい。紗月は、幸白の表情をうかがった。彼は、恐ろしいほど真剣な顔をしていた。

「もしかして――怒ってるのか？」

「逆に、なぜ怒られないと思ったの？」

問われ、紗月は答えに窮する。

「……この、大馬鹿者っ！」

いきなり怒鳴られて、紗月は耳を押さえた。彼が怒声を発するところなんて、初めて見た。あの幸白が怒っている、という事実に驚かずにいられない。

幸白は珍しく、目をつりあげていた。

「もう少しで、君は死ぬところだったんだよ。わかってる？」

「わかっている、つもりだ」

「どうして、ひとりで行ってしまったのさ」

「お前と幸久を会わせてはいけないと思ったんだ。前に、あいつに罵られて、お前は見たこともないぐらい打ちひしがれただろ。だから、その前に止めなければならないと思ったんだ。あと、樫の武士たちが幸久とぶつかる展開も避けたかった。お前の立場も悪くなるかもしれない、と思ってさ」

見上げると、幸白は複雑そうな顔をしていた。

「気持ちは、ありがたいけどね……。でも、そこまで心配しないでほしい。本人にも言ったけど、もう僕は彼には傷つけられないから。君みたいに、心から信じられるひとと出逢えたし、気づけなかった家族の想いを知ったあとだから」

心から信じられる、と心中で反復して紗月は密かに嬉しさを噛みしめる。

それより、と幸白は再びまなじりをつりあげた。

「陽菜様なんて、紗月がいなくなったって大騒ぎしていたよ。ひょっとしてと思って、馬の世話役に聞いたら君らしき少年剣士が馬に乗っていったと言っていたから、慌てて追ったんだ。急使の報告、どこまで聞いたの？」

「幸久が、樫に来ているかも……ってところまで」

「そのあとに、幸久の兄上が労咳である報告もあったんだ。兄上は、極刑と決まったわけでもない。幸継の兄上に何かあれば、跡継ぎになれる。そんな立場を捨てるような愚かなひとじゃないよ」

「では、脱獄したのは」

「病気になったからだよ。労咳は、死ぬ可能性もある病気だから、自棄になったんだろうね。僕を巻きこんで死のうとでも、思ったのかな。紗月、君に何か言っていた？」

「ああ。実は、私のほうを狙っていたらしい。幸白は、そのほうが傷つくだろうからと」

紗月の言葉に、幸白は凍りついたようになって、紗月を見つめた。

「すまない。私は意図せずして、幸久の望むように動いてしまったらしい」

「──頼むから、ひとりで考えて動かないでほしい。まずは、僕に頼ってよ。ましてや今回のことは梓がらみだったのだし」

「すまない……」

謝るしかなかった。

暗殺者は、ひとりで生きるもの。だから、誰にも頼らない癖がついていたのかもしれない。

それに、村が滅びたあと、紗月には誰もいなかった。けれど──

「今は、君には家族がいるのだし」

「うん……そうだな」

姉の陽菜に、両親に、夫になる幸白に。紗月はもう、ひとりではないのだ。

羽交い締めにされて、幸久に刀を振りかぶられたとき、もう死ぬと思った。同時に死にたくないという気持ちが湧いてきた。

落花流水で育つうちに、いつも、どこか諦めていたのに。命は落とすもので、死ぬのは仕方ないこと、と。

いつ、こんなにも生への執着が育ったのだろう。

「多分、陽菜様がこんこんと説教すると思うし、僕からはこのぐらいにしておいてあげる」

幸白がからかい交じりに言って笑ったので、紗月もようやく微笑むことができた。

「ところで、どういう流れでああなったか教えてくれる？」

「ああ……」

紗月は簡単に、ことのあらましを語った。

幸久たち六人なら相手取れると思って、立ち向かっていったこと。幸久以外を戦闘不能にしたが、油断していたせいで目潰しされ、気を失ったひとりが思ったより早く目覚めて行動を封じられたこと。

「それで、あの体勢になったわけか。全く……反省しなよ」

幸白は、呆れたように、紗月をたしなめた。

「すまなかった。幸久ひとりなら、と油断したのが敗因だ。もうひとりも、力加減を見誤ったか……」

「そういうことじゃなくて。君はもっと自分を大切にしなさい。君に何かあれば哀しむひとがいることも、忘れないで」

「そ、そうだな。反省する」

紗月が背中を丸めると、幸白のため息が額をかすめた。

道具として育てられて、生きてきた紗月には、まだ「自分を大切にする」という思考がしっくりきていないけれど——これから気をつけていこうと誓って、拳を握った。

それにしても、と紗月はひっそり考える。

正直、怖かったけれど——誰に対しても怒らなかった幸白があぁして怒ってくれたのは、紗月を想ってくれているからなのだろう。そして、結果的に抑えつけていた感情を表すようになってくれた。そう思えば、じんわりと嬉しさが胸に湧いてきた。


城内に入ると、陽菜が駆けてきた。父と母も、そのあとに続く。

「紗月！　どこに行ってたんですの！」

「推測どおり、僕らが動く前に梓の幸久を止めようとして、ひとりで立ち向かったようです。六人相手に、ひとりで立ち回ったようで……」

陽菜には、紗月の代わりに幸白が説明してくれた。

「六人相手!?　紗月の、大馬鹿っ！　どれだけ心配させるつもりですの！」

陽菜が胸を叩いてきたので、幸白が間に入ってやんわりと止めた。

「お気持ちはわかりますが、そこまで。紗月は負傷しています」

「負傷って、どこを！　あっ、そういえばなんだか白目が真っ赤よ、紗月！」

「本当だわ——！」

陽菜だけでなく、秋留も悲鳴にも似た声をあげていた。

「目が赤いのは、目潰しを受けたからです。負傷したのは、背中と脇腹。深い傷ではないようですが、ともかく先に手当てを。医師のところに行きます」

幸白がきちんと説明してくれたので紗月は何も言う必要はなく、彼に手を引かれて医師の部屋に向かうことになった。

幸白とは、医師の部屋の前で別れた。幸白は、国主にまだ報告することがあるのだという。

先に目潰しの粉を落としておいたほうがいいと言われたので、手当てをする前に医師の助手が用意してくれた盥の水で目をすすぐ。

次いで、傷を消毒されたあとに包帯を巻かれた。

手当てが終わったので紗月は医師の部屋を出て、自室に戻ろうとしたが――。

(幸白の事情説明は、終わっただろうか?)

気になって、幸白の部屋に赴く。彼は部屋にいなかった。

廊下を歩く使用人を呼び止めて幸白の居場所を尋ねると、まだ国主と話しているという。

(じゃ、休んでおくか……)

「さーつーきー」

背後から低い声が聞こえて、紗月は飛び上がる。振り返った先に立っていたのは、陽菜だった。

目がつりあがって、口がへの字に曲がっている。

怒っていても美人は美人だな、とのんきに考えていると陽菜に胸倉をつかまれた。

「少しお話、よろしいかしら？」

怒りをたたえたまま、陽菜は器用に、にっこり笑う。

（これは「少し」では終わらないやつだ）

感づいたものの、紗月に拒否権はなかった。

陽菜にこんこんと二時間ほど説教されたあと、紗月はよろよろと自室に帰った。すると、廊下で使用人に「幸白様がお呼びです」と伝えられたので、進路を変えて幸白の部屋へと向かった。

「幸白。私だ。入っていいか」

襖の向こうに声をかけると、すぐに応えがあった。

「ああ、紗月。入って」

部屋に入り、文机を挟んで幸白の正面に座る。

文机の上には、湯飲みがふたつ置いてあった。

「目算を誤ったたな。陽菜様の説教は一時間半ぐらいだろうと思って、お茶を用意させたのに。ごめんね、お茶が冷めちゃった。新しいの、淹れてもらう？」

どうやら、幸白は陽菜の説教が終わる時間を見越していたらしい。三十分ほど、ずれていたが。

「いや、いいよ。暑いし、冷めてたほうがいい」

紗月はぐびぐびと湯飲みの中身を飲んでいく。陽菜に叱られている間にもお茶が差し入れられたのだが、怒られている真っ最中だったからか、ろくに味わえなかった。

冷えた緑茶は少し渋かったが、渇いた喉を潤してくれた。

「なんで陽菜は、あんなに怒るんだろうな」

「心配だから、怒るんだよ。怒られているうちが花、って言うでしょ。……僕はね、父にほとんど怒られたことがなかった」

「それは幸白が、良い子だったからじゃないのか？」

幸白のつぶやきに、紗月は首を傾げる。

「違うよ。父にとって僕は、『期待しなくてもいい子』だったからだよ。だから、怒らなかったんだよ。反対に、幸久の兄上は、よく怒られていた。期待されていたから。跡継ぎに何かあったら、幸久の兄上が国主になる。だから、父上は兄上に厳しかったんだ」

「……なるほど。陽菜が厳しいのも、私が次の国主の妻になるから、か」

「そういうこと。あと、父はなんだかんだいって幸久の兄上もかわいがっていたよ。愛情があったからこそ、叱っていたという面もある。本人は疎まれていると思い込んでいたようだけどね。そういうのは、第三者から見るとよくわかるんだ。陽菜様も、そうだよ」

「……そうなんだろうな」

陽菜は厳しいが、たしかに愛情を持ってくれているように感じる。

「それと——陽菜様は、憎まれ役には自分が一番適役だと思っているんじゃないかな」

「どういうことだ？」

「陽菜様は、嫁入りするからね。いずれ、家を出る」

「なるほど。父と母は、そうもいかないからか」

万が一関係がこじれても禍根が残らないから、ということだろう。

陽菜の隠れた思いやりに気づいて、ぎゅっと胸が締めつけられる。

「それに、陽菜様の怒りももっともだと思うな」

幸白の眼光が、少し鋭くなる。

「も、もう説教は勘弁してくれ。本当の本当に、反省しているから」

「はいはい」

幸白は肩をすくめて、茶をすすっていた。

その端然とした様がいっぷくの絵のようで、しばし見とれてしまう。幸白は、所作がきれいだ。教育のたまものだろうか。

「紗月？　どうかした？」

我に返った紗月は、まさか見とれていたとは言えなくて、気になっていたことを口にする。

「お前に怒鳴られたのって、初めてだったな——と思って」

そうつぶやくと、幸白は決まりが悪そうな顔になって湯飲みを置いた。

「あんまり言わないでよ。恥ずかしい」

「恥ずかしい？　何が？」

本気でわからなくて尋ねると、幸白はため息をついていた。

「僕は昔から、感情を制御してきた。怒りを覚えても、怒りを出さないように——。特に怒鳴るなんて、もってのほか。なのに、あのときは抑えられなくて、大馬鹿者とか言ってしまった……」

ほんのり彼の頬が赤くなって、紗月は思わず微笑む。

「そうなのか。あれって、私を心配してくれているから、怒鳴ったんだろ。だとすると、なんだか嬉しいような……あ、いや、反省していないわけじゃないぞ」

「はいはい。もう、その話題は終わり」

よほど振り返りたくないのか、幸白は紗月の頬を軽くつねってきた。

「い、痛い。わかったわかった」

手を放されて、紗月は自分の頬を撫で、話題を変えた。

「そういや、ずいぶん寛大な措置だったな」

「寛大かな……。あまり、事を荒立てたくなかったからね。あとは父上と幸継の兄上に任せるしかないし」

「あそこは樫の領土だったろ？　領土侵犯だから、こちらで裁くこともできたんじゃないのか？」

「それをすると、ややこしいことになるんだよ。国家間の問題だからね。樫の国主様にも、目をつむってもらった。和平というのは、少しひびが入っただけでたちまち崩れるものなんだよ。樫にも梓にも、和平反対派がいるだろうしね。僕の兄が無断で領土に侵入しかけたので、僕が追い返した。そういう、私事にしてもらった」

「ふうん」

幸白の対応は、次期国主としても他国から来た婿としても正しいのだろう。

「でも、幸白自身はどうなんだ？　恨んでるんじゃないのか、幸久のこと」

「どうだろうね――。たしかに、真実を明かされたときは悔しかったし腹が立ったし、辛かった。でも、憎み続けたら幸久の兄上を喜ばせるだけ。僕は彼を許さないし、水に流さない。だけど、憎み続けるほどでもない。それは、関心をなくしたからだよ。幸い、新しい環境のおかげで、やることはたくさんあるし。僕があの城で一生を過ごすのなら、ずっと引きずっていたかもしれないけど、そうじゃないからね」

「うーん……」

幸白の言うことがわかるような、わからないような。紗月は腕組みをして、首を傾げた。

「わかりにくい？」

「うん。わかりにくい」

率直に言ってしまうと、幸白は苦笑していた。

「僕自身も、兄上への心情が整理できているわけじゃないから。でも、また兄上が来ても私情で判断したりはしないよ」

「そうか……」

そこで一旦、会話が途絶えた。

「そういえば、父上と母上は、私を怒らないな。そもそも、あんまり話してない。どうしてだろう」

「陽菜様が代わりに怒るから、いいと思ってるんじゃない？　大体、一家にひとり怒るひとがいればいいって言うよね。陽菜様は敢えて憎まれ役を買って出てるのだから、嫌わないようにね」

「嫌いじゃないよ」

少し口うるさいと思うだけで。

「――あと、国主様と奥様には遠慮が見えるな。やっぱり、君を手放したというのが後悔になってるのかな」

「遠慮？　……なるほど」

手放す決断をしたのは、宇一郎と秋留だ。そのとき、陽菜は赤子だった。だからこそ、陽菜は遠慮なく紗月にものを言えるのかもしれない。

「ご両親とも、少しずつでいいから話していきなよ。ずっと、いてくれるわけじゃないんだしさ」

「……わかってる」

うなずきながら、幸白が母親を亡くしていることに思い至った。

ずっといてくれるわけではない。それは紗月にも、よくわかっていた。育ての両親を、亡くしたのだから。

（もっと、こちらからも話してみよう）

紗月自身、まだ遠慮があったのかもしれない。だから一歩踏み出してみようと決めて、紗月は冷め切った茶を飲み干した。

終章 ✤結び✤

夏が過ぎて、木々が赤く染まる季節がやってきた。

相も変わらず、紗月は陽菜による教育を受け続けている。

本来は幸白が樫の国に来たら、二月後には婚礼を挙げる予定だった。しかし、結婚相手が陽菜から紗月に代わったせいで、花嫁の教育が追いついていないという理由から、婚礼の日程は延びに延びている。

陽菜は、「せめて年内……無理だわ」とつぶやいて、頭を抱えていた。

紗月は来年も難しいかもしれないと思いながら、朝食後に課題として読むように言われていた和歌の本を読んでいた——のだが——

気がつけば、文机に突っ伏していた。課題の本は、半分も読めていない。

和歌はよくわからない。掛詞とか季語とか、決まりがたくさんあるし、文字どおりの意味でないことも多数。

和歌の勉強なんていらないだろ、と紗月は主張したのだが、陽菜は「国主の妻たるもの、教養として身につけておくべき知識です！」と譲らない。

どうせなら物語の本を読みたいと主張したところ、陽菜は「和歌の本もちゃんと読んでくださいまし」と念押ししながら蔵書の一部を貸してくれた。民話の本を読んで、幸白が語ってくれた話のほかに、いつかどこかで聞いた話だな、とぼんやり思い出す話があった。村にいたときに、語り聞かせてもらったのではないだろうか。おそらく、父に。

物語は寝る前に少しずつ読むようにしている。今は、和歌の本を読まねばならない。

本を見つめること数分——全然頭に入らなくて、紗月は本を閉じた。

ふと立ち上がって、窓を開ける。

「いい天気だなあ……」

天高く馬肥ゆる秋——なんて言葉が浮かぶような、秋晴れの空が、清々しい。

紗月はしばらくぼんやり外を眺めてから、きょろきょろとあたりを見渡した。

❜

「紗月ー！　今日もみっちり、計画を詰めて来ましたわよ！　始めましょう！」

妹の部屋の前で、陽菜は明るく呼びかける。

しかし、応えがない。

（寝てるのかしら？）

疑問に思って、陽菜は襖を開いた。

部屋のなかは、もぬけの殻だった。開かれた窓から吹き込んだ風が、文机に置かれた本をめくっている。窓から出ていったのだろう。

眉をひそめて、陽菜は紗月の部屋に入る。

問題は、ここが五階であるという事実だ。

落花流水で訓練を受けた紗月は、とにかく身体能力がずば抜けている。窓から出て、屋根を通って下りていっても不思議ではないだろう。……が、そういうことは、国主の妻になる以上、やめさせるべきだ。家臣も眉をひそめるだろう。

ふと、陽菜は文机の上に置かれた本の下に薄い紙があることに気づいた。紗月の筆跡。どうやら、書き置きのようだ。

本をどかせて、紙を手に取る。

『陽菜へ――すまない。最近、ずっと城にこもって稽古に講義に……が続いたせいで、息が詰まってしまった。今日だけ、許してくれ。町に下りて、気分転換してくる。明日から、またがんばるから――紗月』

読み終わって、陽菜は額に手を当てる。

(最近、厳しくしすぎたかしら)

陽菜も、焦っていたのだ。結婚相手変更は、両国になんなく受け入れられた。だが、だからといって「はい結婚してください」と促すわけにはいかない。

樫の国の威信にかけて、教育も受けていない姫を結婚相手として差し出すことはできない。陽菜は、紗月と立場を交換したからこそ、責任を感じて彼女の教育係を引き受けた。

複雑な生まれと過酷な育ちのせいで、ほとんど教養を持たない紗月。彼女に、姫らしい立ち居振る舞いと教養を身につけさせるのは、予想以上に大変だった。思ったより時間が経ってしまっていて、婚礼は遅れに遅れている。

それに、紗月には早くこの城を自分の居場所だと感じてほしかった。両親ともまだぎこちない。陽菜がいるうちに、彼らの架け橋になれたらと思っていた。

色んな事情を鑑みての焦りだったが、空回りしてしまったかもしれない。

(とにかく、まあ、あのかたに相談でもいたしましょうか)


城下町には、たくさんの人々が行き交っていた。

紗月は茶屋の赤い縁台に座って、みたらし団子を食べているところだった。

三本のうち、二本を食べ終えたところで、緑茶をずずっとすする。

当然のごとく、今は男の着物を着ていた。久々に着ると、動きやすくて最高だ。

(ああ……癒される)

茶を盆の上に置いたあと、後ろに手をついて、体を反らして青空を仰ぐ。なんていい天気。団子は美味だし、茶によく合う。

実に贅沢なひとときを過ごしている……と思いながら目を閉じたとき、信じられない声が響いた。

「いーけないんだ。城を抜け出して」

ぎょっとして目を開くと、市女笠をかぶった幸白がすぐそばに立っていた。

「ゆ、幸白⁉　どうしてここがわかった⁉」

「抜け出したことは、陽菜様から聞いた。息抜きに甘味でも食べてるのかな、と思って表通りの甘味処を探したんだ。君はこの町にはあまり下りたことがない。つまり地理に詳しくないだろうから、冒険するとしても一番大きな表通りぐらいだろうと見当をつけた」

「うっ……」

相変わらず、怖くなるぐらいの観察眼だ。

説教が待っているのかと思いきや、幸白は紗月の隣に座った。

「連れ戻しにきたんだろ？」

「それが、反対」

「へ？」

「陽菜様と国主様と秋留様が、今日はふたりで息抜きしてきなさいって言ってくれたんだよ。陽菜様なんて、ずいぶん反省してたよ。最近、厳しくしすぎただろうかって」

「…………」

罪悪感を抱かせるなんて。陽菜に、悪いことをしてしまったようだ。

「陽菜様も、焦っていたみたい。四人で話し合ったんだよ。このままでは、婚礼は遅れるばかり。どうするべきか――ってね。君も察しているとおり、これは和平のための結婚。あまり遅れすぎると、家臣も国民もやきもきする。延期するにも、限界があるというわけ」

「それは、本当にすまないと思っている。これでも、努力しているつもりなんだが……。今日はつい、衝動に駆られてしまって」

「うん、わかってるよ。陽菜様も、紗月の努力は認めてる。ただ、身につけてもらわないといけないことが、多すぎるんだ。君が悪いわけでもない。姫として育てられたわけじゃないからね」

幸白は微笑んで、紗月の顔をのぞき込んだ。

「だから、婚礼の前に婚約式を行おうという話になった。これを行えば、両国もひとまず安心。君の教育も途中でいい。婚礼じゃないからね」

「……なるほど。ええと、婚約式だと略式でいいのか？」

「ううん。一応、公式なもの。梓からも、誰か呼ばないといけない」

「えっ。誰を呼ぶんだ？」

「父上か幸継の兄上だけど——おそらく、兄上だろうね。父上は、婚礼のほうに来るだろうから」

なるほど、とうなずきながら紗月は茶を飲む。

一瞬、助かったかと思ったが、婚約式もかなり形式ばったもののようだ。歩きかたなど、立ち居振る舞いはそれまでに優先して仕込まれることだろう。全然助かっていない。

「なあ、幸白。今日が私の最後の休日かもしれないな」

「そうかもね」

幸白は否定しなかった。紗月の口元が引きつる。

こうなったら自棄だ、とばかりに、紗月は追加注文をした。あんこの入った草餅をむぐむぐと食べながら、ふと気になって、隣の縁台に座る男たちの会話を聞く。

「紗月姫のうわさ聞いたか？」

いきなり自分の名前が出てきたので、思わず喉に餅を詰まらせそうになってしまった。

「ああ……忌み子だったが、神隠しにあって、神の世界に行ってて災いを落としてきたっていう、あの？」

もちろん、これはただのうわさではない。国主である父が、民間人の協力者に頼んで人為的に流したうわさだ。

まだ、双子が忌み子であるという偏見は根強い。そう簡単に、因習は覆らない。そのため、少々力業ではあるが、紗月が行方不明になっていたといううわさ——事実だが——を利用して、神隠しに遭っていたことにしたのだ。そして、そこで忌み子の持つ厄を落としてきたという。

「ふん。あたしゃ、信じられないねえ。都合のいいうわさだよ。双子は忌み子。決まってる。国主の妻に双子の子を据えるなんて、昔だったら考えられないよ」

通りかかった老婆が、男たちに食ってかかっている。

このように、うわさを信じないひともいる。当然のことだ。だが、何もしないよりは、きっとマシなのだろう。

「国主様だって、自分のところに双子が生まれたからって特別に扱っているだけさ。大きな町はともかく、田舎の村に生まれた双子は、今でも遠慮なく殺されたり捨てられたりするっていうのにさ」

老婆は、悲惨な運命をたどった双子の下の子を見たことでもあるのだろうか。

(でも、そのとおりだよな……。私は、普通の家に生まれていたら殺されていたのかも)

「紗月。大丈夫？」

思わず手を止めていると、幸白が声をかけてきた。

「……ああ、うん」

「色んな意見があるけど、あまり気にしないで。……といっても、無理だろうけど」

手を握られて、少し安堵が広がる。忌み子の辛さを知る幸白だからこそ、紗月の胸中もよくわかるのだろう。

「このあと、行きたいところがあるんだ。一緒に行こうか」

幸白の提案を、断るはずもなかった。


紗月と幸白は並んで、城下町を歩いていった。

幸白が、どこに行くとも言わずに進んでいくので、紗月もただ彼の進路に合わせる。

長く続く石段を前にして、ようやく神社に行くのだと気づいた。

呆けている紗月をよそに、幸白は石段を上っていく。紗月も慌てて、彼に続いた。

長い石段だったので、上りきったあとは息があがっていた。

境内を見て、紗月は驚く。

白い長髪に赤い目を持つ女性が、ほうきを持ってたたずんでいたからだ。着物は白く、袴は赤い。格好からして、巫女だろう。

神々しいぐらい、美しいひとだった。思わず見とれている間に、幸白が一礼する。

「幸白様。来てくださったのですね」

彼女は、親しげに幸白に声をかけた。

「はい、すすき様。——紗月。彼女は、ここの巫女さん。蛇神様に仕えているそうだよ」

「へえ……」

樫の国で、白い子は吉兆。小さいころから神社で仕えるようになる、と誰に聞いたのか。

(蛇神様。ここは、蛇神様の神社か)

「すすき様、彼女が紗月姫です」

紹介されて、紗月はハッとする。

「あの……私は双子の下の子なんだけど……ここにいても、いいのか」

幸白が、神社に参ることもできなかった、と言っていたことを思い出す。

尋ねると、すすきの目が細まる。

「もちろんです。存じておりますよ、紗月様。神隠しにあった姫君。神隠しの話も知っておりますが、私自身がこういう容姿ですので——あまり、双子が凶兆というのは信じておりません。私も、国が違えば忌み子と呼ばれる白い子ですもの。気にせず、お参りしてくださいね」

すすきは他の参拝客を気にしているのか、小さな声で耳打ちしてくれた。

なんとはなしに、紗月は賽銭箱に近づく。小銭を入れて、鈴を鳴らして二礼二拍手。祈ろうとして、既視感に襲われた。

『紗月、蛇神様だよ。ちゃんとお参りして』

今は亡き、育ての父の声が脳裏に蘇る。

（ああ、そうだ。あんなに信心深くて神社に頻繁に参っていた父さんと母さん……私の育ての両親）

ふたりは無惨に死んだ。

（神様は助けてなんて、くれなかった。だから私は神様を信じなくなった。神話を聞きたくなくなるぐらいに）

祈り終えた幸白が、紗月がぼんやりしていることに気づいたのか、声をかける。

「紗月。大丈夫？」

「あ……ああ」

「なんだか顔色が悪い。あそこに座ろうか」

示された先には、石造りの長椅子があった。

長椅子のそばに紅葉の木があり、葉がはらはら落ちているので、灰色の長椅子が赤く染まって見える。

幸白が葉をどけて、二人分の空間を作る。

紗月は遠慮なく座って、隣に腰かける幸白に打ち明けた。

「昔の記憶が、戻ったんだ」

「え？　村にいたときの、記憶？」

そうだとうなずくと、幸白は微笑み、市女笠を外して横に置いていた。

「よかったね」

「うん。多分、今は幸せだと感じているから幸せだったときの記憶が戻ってきたんだよ」

「よかったのかな？」

「そうか……」

紗月は納得して、境内の掃き掃除をする、すすきを見やる。

「あのさ、幸白。今は無理だろうけど、いつか——村があった場所に、行きたいんだ。私は、両親の遺体も弔えなかった。多分、あのあと来た樫のひとたちが埋葬して弔ってくれたとは思うんだけど」

思い切って言ってみると、幸白はなんのためらいもなくうなずいた。

「うん。そうだね。行けるときが来たら、行こう。……君の育ての親は、君を実の子のように慈しんで育ててくれたんだね」

「どうして、わかるんだ？」

「なんとなく、わかるよ。君の言葉の端々から。きっと、記憶もどんどん戻っていくよ」

優しく微笑まれて、なんだかどぎまぎしてしまう。

紗月がうつむきそうになったとき、幸白が紗月の顎に手を添える。なんだろう、と思っている間に上を向かされる。

間近にある赤い目に、思わず見とれてしまう。

（やっぱりきれいだな……）

幸白はまっすぐ見つめてくれたことが嬉しかったと言っていたが、こんなきれいな目を見られないほうがもったいないと思う。

そんなことを考えているうちに少しずつ顔が近づいてきて……気づけば唇が重ねられていた。

（……え？）

重なるふたりを隠すように、鮮やかに色づいた紅葉がはらはらと落ちてくる。

ゆっくりと幸白が離れていき、ようやく我に返った紗月は全身に熱を感じた。

「な、なんなんだ！　いきなり！」

「かわいらしいなあ、と思って、つい。いい雰囲気だったし」

「馬鹿っ！　私たちは、まだ結婚していないんだぞ！　しかも、婚約式とやらもまだなんだ！　こんなことしていいのか⁉」

「だめかも。だから、秘密にしてね」

笑って、幸白は自分の唇にひとさし指を当てる。

動揺して、鼓動が信じられない速さで、打つ。

（こいつといると、心臓が何個あっても足りなそうだ）

胸を押さえてにらみつけたが、幸白は反省した様子もなく「きれいな紅葉だねえ」と言って、ひとひらの紅葉をてのひらに載せていた。

（しかも、ここは神社だぞ！）

さっきはろくにお参りできなかったし、あとでちゃんとお参りして謝っておこう、と固く誓う紗月であった。


城に帰ると、出迎えた陽菜に注意された。

「窓から抜け出さないように！　危ないし、家臣が見たら仰天してしまいますわ。あと、わたくしとて、話せばわかりますわ。休日が欲しいなら、ちゃんと相談してくださいまし」

それだけで終わったので、紗月は胸を撫で下ろしかけたが――

「幸白様から、婚約式の話は聞きましたの？」

「え？　ああ、聞いたけど……」

「それでは、その日までがんばりましょうね。婚約式に必要なものに絞って、計画はみっちりと。しごきます」

絵に描かれた女神のような笑顔で、とんでもないことを言ってくる。

紗月は青ざめながらも、うなずくしかなかった。

夕食の前に、話があるといって国主夫妻に呼び出された。
宇一郎と秋留が高座に座り、その正面に紗月が座る。幸白と陽菜も、その隣に座ってい
た。陽菜もなんの話か見当がつかないようで、不思議そうな顔をしている。
「婚約式の話、聞いただろうか」
宇一郎に問われて、紗月は「はい」とうなずく。
「これから、お前の名前が公的に記されていくことになる。落花流水と手が切れていると
言っていたが、名前が同じだと、お前がここに来た時期と照らし合わせ、疑う者もいるか
もしれないだろう。だから、名前を変えてもらえないだろうか」
いきなり改名せよと言われて、紗月は戸惑ったが、おずおずと首を縦に振るしかなかっ
た。
「馴染んだ名前だろうから、名前の音は変えずに漢字を変えたいと思う」
宇一郎は傍らに置いてあった半紙を取って、かかげた。
そこに記されていた名前は――「咲月」。
「桜の勾玉には、体に出し入れできること以外に、もう不思議な力はないと言われていた
が、お前はここまで無事に帰ってきてくれたのだ。きっと、桜の勾玉にはコノハナサクヤ
ヒメの加護があったのだと思う」
もう手元にはない、あの勾玉を思い出す。あれは、もう国主に返してしまった。

「感謝の念をこめ、更にこれからもコノハナサクヤヒメの加護がありますようにと願って、咲の字をつけた。どうだ？」

照れくさそうに問われて、紗月はうつむいた。なぜだか、涙がこぼれそうだった。

「実は元の名前も私たちがつけて、名を書いた紙をお前の育て親に渡していたんだ。また新しくお前の名付けをできることを、嬉しく思う」

家のなかに貼っていた名前が書かれた紙は、実は国主の手によるものだったのか。

思いがけない事実が明かされ、驚きながらも紗月は床に手をついた。

「すごく、いい名前だと思います。喜んで、改名させていただきます」

紗月——咲月は腰を折り、頭を下げた。

真冬は雪で山道が閉ざされてしまう。そのため、婚約式は雪解けを迎える弥生に決まった。

宣言どおり、陽菜は咲月に礼儀作法から立ち居振る舞いから……婚約式に必要なものを叩き込んだ。

おかげで、なんとか婚約式では姫らしく振る舞えそうだ。

（もうすぐ、婚約式か）

夕食のあと、咲月は窓を開けて窓枠に頰杖をつき、外を眺めていた。

まだ冷える夜気が、酒で火照った頬に心地よい。いつも酒はほどほどにしているのだが、今夜は少し飲みすぎたかもしれない。今日は秋留の嫁入り日だったので、宴会とは言わずとも、いつもより豪華な料理と酒が饗されたのだ。

両親とも、だいぶ打ち解けてきたように思う。

それと同時に、咲月にはぼやけていた記憶が、少しずつ戻ってきていた。両親が語り聞かせてくれた物語なども、思い出した。

『お父さん、お話聞かせて』

幼い咲月は、よく育ての父にせがんだ。だから、なのだろう。幸せな思い出に結びついていたからこそ、敢えて物語を忘れてしまったのだろう。

物思いに沈んだとき、気配に気づいて懐から短刀を取り出し、抜刀する。咲月は今でも、懐には短刀を隠し持っていた。いざというときのために。

「――師匠」

窓の外に、虚空が立っていた。

「また殺しにきたのか？」

厳しい声で問うと、虚空は黙ってこちらを見てきた。

「暗殺者の紗月は死んだ。ここにいるのは、樫の国の姫様なんだろう？」

虚空はわずかに微笑んだ。ほとんど見たことのない師匠の笑みに、咲月は驚く。虚空は咲月から視線を外して、空を仰いだ。

「俺の最初で最後の弟子は、もうどこにもいない」

虚空の横顔が淋しそうに見えたのは、気のせいだったのだろうか。

「ではな。今後、会うこともないだろう」

それだけ告げて、虚空は姿を消した。

力が抜けて、思わず座り込みながら考える。

(師匠ほどの暗殺者が、致命傷を与えなかったことに気づかないものだろうか？　……もしかしたら、情けをかけてくれたのかな)

今になって来て「暗殺者の紗月は死んだ」と伝えてくれたのも、不思議な話だ。

冷酷無比な暗殺者・虚空にも、弟子を思う情があったのかもしれない。

虚空への感情は複雑すぎて言い表せない。たしかに、咲月を救ってくれた。でも、別の地獄にいざなったひとでもある。

そんなことを考えながら、壁にもたれて座っていると、極度の緊張の糸が切れたせいか、酒のせいか、睡魔が忍び寄ってきて、咲月は浅い眠りに身を委ねた。

周囲が、燃えている。紗月は、たったひとりで立っている。

またあの夢か、と冷静に考える。誰かが、手を伸ばす。

　虚空だろうと思って、その手を取ろうとしたら——こちらに手を伸ばし、微笑んでいたのは、白い髪に赤い目をした優しげな青年だった。

「幸白」

　名前を呼んだ瞬間、周りの炎が消えて真っ白になった。

「——咲月。大丈夫？」

　うたたねをしていたところ、襖の向こうから幸白の声がかかって、覚醒する。

「……うん、ああ」

　思わずあたりを見回しながら、生返事をする。

「入ってもいい？」

「ああ……。どうぞ」

　促すと、幸白が盆に湯飲みを二つ載せて、入ってきた。

「お酒、飲みすぎてたみたいだったから。ちゃんと、お水飲んで」

　幸白は盆ごと、文机の上に置いた。

「助かる。ありがとう」

　ふたりは、文机のそばに座る。

「さっき、虚空が来たんだ」

咲月の報告に、幸白はぎょっとしていた。

「え!? 虚空って、君を殺しにきた師匠だよね。大丈夫だったの?」

「ああ。敵意はなかった。さっきは短刀しか持っていなかったし、油断していたから、虚空が本気ならもう私の首は飛んでる。ここにいるのは樫の国の姫だろう――と言っていた。師匠なりに、別れを告げにきたのかもしれない」

「そう……。なら、よかったけど。――なんだか、苦い顔をしているね」

「まあ――。私は師匠に期待されていたのに、裏切ったわけだし」

虚空との師弟関係は、温かいものではなかった。しかし、咲月が気づいていなかっただけで、少しは情をかけてくれていたのだろう。

「後悔してる?」

「ううん。結局、弱くて暗殺者になれなかったけど、それでよかったと思ってる」

咲月がきっぱり言ったところで、幸白は微笑んだ。

「咲月。君は弱いんじゃなくて、優しいから――暗殺者になれなかったのだと思うよ」

「優しい? 私が?」

思いがけない言葉に、戸惑ってしまう。

ずっと、「甘い」と言われていた。「優しい」だなんて思いつきもしなかった。

「物は言い様、ってやつだよ。もちろん暗殺者には、優しさは必要ないと思う。だから君

はなれなかったんだ。でも、これからはきっと、君の優しさが必要になってくる」

「……そ、そうか」

涙が出そうになって、着物の袂で目頭を押さえたところで、幸白が優しく頭を撫でてきた。幼子でもないのにそうされていると恥ずかしくなってきて、咲月は彼から距離を取る。

幸白は、少しがっかりしたような顔をしていた。

「咲月。見て、今夜は月がきれいだよ」

幸白が立ち上がって窓辺に近づいたので、咲月も彼にならって、隣に並ぶ。

夜空ににじむような朧月が、ふたりを見下ろしていた。春の月の光は、どこか優しい。

(もう、私は暗殺者じゃない)

虚空に言われて、改めて実感した。

咲月は隣の温度を意識する。

(誰かを殺すための刃として育てられたけれど、これからは守るための刃として生きていく)

心のなかで誓い、咲月は幸白の手を握る。

いきなり手を握られて驚いたのか、幸白はこちらを見て不思議そうな顔をする。

大切な人たちも自分の身も己が手で守れるようになりたいと願って、咲月は月を仰いだ。

あとがき

こんにちは。今作をお手に取っていただき、ありがとうございます！

今回は和風ファンタジーです。戦国時代あたりを意識しながら……でも国の成立からして全然違うので、オリジナル要素強めとなっております。日本神話からも一部拝借しておりますが、お話のためにアレンジしていますので、あしからずご了承ください。

担当してくださった編集Y様のお力なくしては、今作が日の目を見ることはなかったでしょう。Y様、色々とお力添えいただき、本当にありがとうございました。

さくらもち先生、みんなを最高に美しく、格好よく、かわいく描いてくださって、本当にありがとうございました。表紙の美しさに思わず黄色い声をあげました。先生のすらっとした画風が大好きです。今作のイラストを担当していただけて、私は幸せ者です。

また、校正様をはじめとして、出版に関わってくださった全ての方々に心からのお礼を。

読んでくださった方、これから読んでくださる方に感謝を。一筋縄ではいかない出逢いから始まる紗月と幸白の物語を少しでも楽しんでいただけたらいいな、と願いながら。

青川志帆

「君を守るは月花の刃 白き花婿」の感想をお寄せください。
おたよりのあて先
〒102-8177 東京都千代田区富士見2-13-3
株式会社KADOKAWA 角川ビーンズ文庫編集部気付
「青川志帆」先生・「さくらもち」先生
また、編集部へのご意見ご希望は、同じ住所で「ビーンズ文庫編集部」
までお寄せください。

君を守るは月花の刃
白き花婿

青川志帆

角川ビーンズ文庫 23532

令和５年２月１日 初版発行

発行者――――山下直久
発 行――――株式会社KADOKAWA
〒102-8177 東京都千代田区富士見2-13-3
電話 0570-002-301（ナビダイヤル）
印刷所――――株式会社暁印刷
製本所――――本間製本株式会社
装幀者――――micro fish

ISBN978-4-04-113392-7 C0193 定価はカバーに表示してあります。

◇◇◇